『ジュリアス・シーザー』

七五調訳シェイクスピア
シリーズ〈6〉

今西 薫

Kaoru Imanishi

風詠社

目　次

登場人物

ジュリアス・シーザー	執政官
マーク・アントニー	シーザーの忠臣（シーザー死後の執政官）
マーカス・ブルータス	シーザーの主な暗殺者
ルシャス	ブルータス付の従者
キャシアス	シーザーの主な暗殺者
キャスカ	シーザーの主な暗殺者
キャルパニア	シーザーの妻
ポーシャ	ブルータスの妻
ピンダラス	キャシアスの家来
フレイヴィアス & マララス	護民官
アーティミドラス	修辞学の教師
オクテイヴィアス・シーザー	シーザーの甥（シーザー死後の執政官）
イーミル・レピダス	シーザー死後の執政官

トレボニアス
リゲリアス
デシアス・ブルータス ⎫ 暗殺者
メテラス・シンバー
シナ

シセロ		
パブリアス	}	元老院議員
ポピリアス・リーナ		
ルシリアス		
ティティニアス		
メサラ		
若者ケイトウ	}	ブルータスとキャシアスの味方
ヴォラムニアス		
レイベオ		
フレイヴィアス		
ヴァロ		
クライタス		
クローディアス	}	ブルータスの家来
ストレイト		
ダーディニアス		

占い師、詩人のシナ、別の詩人
元老院の議員たち、市民たち、護衛たち、
従者たち、兵士たち、その他

場面　ほとんどはローマ
　　　後に、サーディスとフィリパイ近郊

第1幕

ローマ　路上

（フレイヴィアス マララス 数人の市民たち 登場）

フレイヴィアス
　おい！ 立ち去れ！ 帰れ！ 怠惰な奴だ 帰宅しろ！
　今日は休みか⁉ 何⁈ 知らないと？ おまえ達 職人だろう
　仕事の日には 仕事着を着て 仕事に励め
　おまえは何の 商売だ？
市民1
　へぇ 旦那 大工でさあ
マララス
　皮のエプロン それに定規は どこにある⁈
　何でおまえは おめかしなんぞ しておるか⁈
　やい 貴様 貴様は何の 商売だ？
市民2
　おいらはね ご立派な 職人と 比較したなら

俗に言う 下手な職人[1]

マララス

何の仕事か 聞いておる

市民2

仕事はね 実のとこ
そ̇こ̇の心の 修理だよ

マララス

いいかげんに しておけよ 仕事は何だ⁉

市民2

まあ そんなにひどく 怒らずに
(右手の人差し指で胸を 左手の人差し指で靴を指差し)
旦那の そ̇こ̇が[2] イ̇タ̇んだら[3] すぐにナ̇オ̇して[4] 差し上げる

マララス

どういうことだ⁉ 俺の心を 治すって⁈
生意気なこと 吐かす奴だな

市民2

いえいえ 旦那 靴のソールの 修理です

フレイヴィアス

靴屋だな

市民2

---

1 原典 "cobbler"「靴屋」と「下手な職人」の二重の意味。
2 原典 "sole"「靴底」、裏の意味 "soul"(同音異義語)「魂、心」。
3 原典 "be out"「痛む / 傷む」の二重の意味。
4 原典 "mend"「治す / 直す」の二重の意味。

へぇ その通り これっキリで 生計立てて いるんです

他の職人や 女のことに 口をはさめば キリがねぇ

だから黙って 靴修理

「クッ クツ 底抜け 底が抜けたら 直しましょう♪」

こざっぱりした 皮の服 着てる人も

おいらが作る 皮の靴 履いてるよ

フレイヴィアス

どうして今日は 店にいなくて

この連中を 連れてどこへと 行くのだな

市民 2

その理由 こいつらの 靴を減らして

仕事を増やし 儲けるためで でも 実のとこ 今日は休んで

シーザーさまの 凱旋祝い お出迎え するために

マララス

何が祝いだ⁉ 戦利品など 何もない

戦車の車輪に 繋がれて

ローマへと 貢など 献ずる者も いやしない

この間抜け 石頭 感情持たぬ モノより劣る

冷酷な ローマ市民よ ポンペイを 忘れたか?

5　原典 "with the awl (錐で)" 裏の意味 "with-all (みんなで)" シェイク
　　スピアの少々わざとらしいギャグ。「これっきり／これっ錐」は筆者
　　のギャグ。
6　原曲は「なべなべ底抜け、底が抜けたらかえりましょ」。江戸時代
　　の「竹堂随筆」に収められている童謡。

過去何度 おまえらは 城壁や 胸壁などに 登り詰め
塔や窓にと しがみつき 煙突の 先にまで よじ登り
子供を腕に 抱きかかえ 根気よく 鳴る胸を 抑えつつ
ローマへの 大ポンペイの 凱旋姿 一目見ようと
一日中 待っていたのを 忘れたか?
彼の戦車が 遠く彼方に 見えたとき
一斉に 歓喜の声上げ そのどよめきは
タイバー川の 土手のくぼみに 反響し
川自らも 震えていたぞ
それなのに おまえらは 今このときに 晴れ着 着て
ポンペイの 一族などを 殺した者に
花でも撒くと いうことなのか!?
とっとと失せろ! 家に帰って 跪き 神々に 祈るがよいぞ
恩知らずの 所業のことで 罰が当たらぬ ようにとな

フレイヴィアス

さあ 諸君 帰るのだ! そして仲間の 貧しい者を
みんな集めて タイバー川の 川岸に 連れて行き
全員で 川に涙を 流し込め
低く流れる 川の水位が 土手すれすれに 溢れるほどに
(職人全員 退場)
ほら 下層の市民 心打たれた 様子だな
罪の意識に 苛まれ 口を閉ざして 帰り行く
君はあちらの 道をとり 議事堂へ 行ってくれ
俺はこちらの 道を行く

シーザーの像に 飾り付け してあれば

見つけ次第に 片っ端から 引き剥がすのだ

マララス

そんなこと してもいいのか？

今日という日は ルパーカルの 祭日だ[7]

フレイヴィアス

構うものか！ シーザーの 戦勝を

飾るものなど あってはならぬ

俺はこれから 街を見回り 路上から 市民の奴ら 追い払う

君も奴らが 群がってれば 追い払え

翼から 大きく育つ 羽を取ったら

シーザーも そう高くなど 飛べぬだろう

そうしなければ シーザーは 視界の外に 舞い上がり

我々を 恐怖の奴隷に 追い落とす （二人 退場）

7　古代ローマの 3 月 15 日の祭りで、元来は放牧された羊を狼から守るために、神に生贄を捧げる日であった。後年には、ローマを疫病から守り、健康と多産、繁殖をも祈願した。飾り物を取ることは不法行為であった。

ローマ　広場

（[トランペットの音] 走者姿のアントニー
シーザー キャルパニア ポーシャ デシアス シセロ
ブルータス キャシアス キャスカ 市民たち 占い師 登場）

シーザー

キャルパニア！

キャスカ

おい 静かに！ シーザーの お言葉だ

シーザー

キャルパニア！

キャルパニア

何です？ あなた

シーザー

アントニーが 走って来たら その前に 立ちはだかれよ
おい アントニー！

アントニー

はい 何か？

シーザー

アントニー スピード出して 走るだろうが
キャルパニアに 触れるのを 忘れるな

長老の 話によれば
不妊の女 祭りの走者に 触れてもらえば
不妊の呪い 落ちるとのこと

アントニー

忘れませんよ！
シーザーの 命令あれば もう成されたも 同然ですよ

シーザー

では始めるぞ 儀式には 落度あっては ならぬから
（トランペットの音）

占い師

シーザー！

シーザー

何だ?! 呼んだのは誰？

キャスカ

音を立てるな！ 静かにいたせ！

シーザー

群衆の中 わしの名を 呼んだのは 誰なのだ？
どの楽器より 鋭く響く 声がした「シーザー」と
何なのだ?! 聞いてやる

占い師

気をつけるのだ！ 三月の 十五日！

シーザー

何者だ？ あの男

ブルータス

占い師です 三月の 十五日 用心しろと 言ってます

シーザー

その男 ここに引き出せ 顔を見る

キャシアス

そこの者 出て来て 顔を 見せるのだ！

シーザー

今 わしに 何と言ったか？ もう一度 言ってみろ

占い師

三月の 十五日 危険な日です

シーザー

寝言をぬかす こんな奴 放っておけ！ さあ 先へ
（[ファンファーレ] ブルータスとキャシアス以外
一同 退場）

キャシアス

走者のレース 見に行くのかい？

ブルータス

僕は 行かない

キャシアス

見ればいいのに

ブルータス

浮かれ騒ぐの 性に合わない 僕にはどうも アントニー的
快活な 要素が欠けて いるらしい
君の楽しみ 邪魔しないから 今ここで 別れよう

キャシアス

最近 君を 見ていると
今まで俺に 示してくれた 優しさや
親愛の情 薄れたような 気がしてる
親友に つれなくて 頑に 思えるのだが…

ブルータス

キャシアス それは 誤解だよ
もし僕が 顔色を 曇らせて いるのなら
心の内の 闇を外へと 出さないように
ヴェールで覆って いるからだ
近頃 僕は 相反してる 感情に 苛まれ
悩んでるんだ 自分自身の 問題で
それが元で 態度に出てる ことなんだ
だからと言って 親友を 傷つけるのは 本意ではない
キャシアス 君も その大切な 一人だからな
哀れにも ブルータス 自分自身と 戦って
大事な友に 情を示すの 忘れてたんだ

キャシアス

いや ブルータス それなら俺は
君の気持ちを 誤解していた
そのために 重大な 事柄で
俺の思いを 話せなかった からなのだ
善良な ブルータス 君は自分の 顔が見えるか？

ブルータス

キャシアス それは 無理難題だ

自分の目では 自分の顔は 見えぬもの
ほかの何かに 映してやっと 見えるもの

キャシアス

その通り ブルータス
君が隠した 自分の価値を 目に映す
鏡がなくて 君自身 本当の姿など
未だ目に したことも ないだろう
そう言って 人々は 嘆いてる
ローマにて 多くの名士が 語るのを よく耳にする
不滅のシーザー 別だけど 今の世の 圧政嘆き
高潔な ブルータス 己を見る目 あったらと
お互いに 囁（ささや）き合って 君を待ってる

ブルータス

この僕を どんな危険な 道に誘導 する気なんだね
僕の中には ない僕を 探し出そうと しても無駄

キャシアス

ブルータス まず俺の 話を少し 聞いてくれ
君は言ったね「自分を映す 鏡なければ
自分が見えぬ」と
それならどうか この俺に 鏡の役目 させてくれ
君がまだ 知らない自分 慎ましやかに 提示する
なあ ブルータス 俺のこと 疑いの目で 見ないでくれよ
もし俺が 軽薄で 嘲（あざけ）りの 対象ならば
もし俺が 誰にでも 安っぽい 紋切り型（もんき）の 約束したり

16

誰にでも へつらって ハグしておいて

別れたら 陰口を 叩くなら

もし俺が パーティーの 席に着き みんなにお世辞

並べ立てたり するのなら 俺のこと 危険だと 言えばいい

（ファンファーレ 歓声）

ブルータス

この歓声は 何だろう？

まさか シーザー 王に選出 されたわけでは ないだろう？

キャシアス

それでは 君は それを恐れて いるんだね

そうなることを 君は望んで いないんだ

ブルータス

望んでなんか いるわけがない

シーザーのこと 好きだけど

でも 君はなぜ いつまでも この僕を 引き止めるのだ

話したいこと 何なのだ？

もしそれが 公共のため 良いことならば

片方の目に 名誉を見せて

もう一方に 死を見せようと されたとしても

僕はその 双方を 冷静に 見つめよう

神々に懸け 断言できる

死は恐れぬが 名誉尊重 する僕だから

キャシアス

ブルータス 君の外見 同様に

その美徳 備わってるの 分かってる

俺の話の 内容は 名誉のことだ

君や他の 人たちが 人生を

どのように 考えてるかは 分からない

でも俺自身 同等で あるべき者を

恐れてなどは 生きてられない

俺の自由は シーザーと 同等だった

君のも同じ 俺たちは 同じ物 食べてきた

寒い冬 同じよう 耐えられる

随分前の 話だが 冷たい風が 吹きすさぶ日に

タイバー川が 猛り狂って

川岸を 激しく打って いたときだ

シーザーは こう言った

「キャシアス おまえ わしと一緒に この激流に

飛び込んで 対岸へ 泳ぎ切る 勇気はあるか?!」

その言葉 聞くとすぐ 服を着たまま 川に飛び込み

「さあ ついて来い」と この俺は 言ったのだ

そうしたら シーザーも 飛び込んだ

激流は 荒れ狂ったが

俺たちは 力強い 筋肉で 水面を打ち

波に逆らい 掻き分けて 友とは熱く 競い合い 泳ぎ続けた

しかし まだ目標地点に 着かぬのに

シーザーは「助けてくれよ 溺れそう!」って

悲鳴を上げた

かつてローマの 元祖 イニアス

老いた父親 アンカイシスを

激しく燃える トロイの火から 担ぎ出した ときのよう

この俺は タイバーの 怒る波から

疲れ果てたる シーザーを 必死になって 救い出したぞ

ところがだ あの男 今や神様

キャシアスは あさましい 弱者の身

シーザーが ぞんざいに 会釈でもすりゃ

腰を屈めて 最敬礼だ

シーザーは スペインで 熱病に 罹ったときに

発作を起こし わなわなと 震え始めた

実話だよ あの神様が 震えたんだよ

臆病な 唇からは 色は失せ

世界中を 震撼させた 眼光 失せて

あの男 呻くのさえも 耳にした

その口が 開いたならば ローマ市民は

その言葉 一言も 漏らさずに 書き記そうと したものだ

その口が 弱音を吐いて 病める娘 さながらに

「少し飲むもの 頼むから ティティニアス」と

さすが これには 驚いた あんな女々しい 気質の男

この広大な 世界のトップに 躍り出て

栄冠を 独り占め するなんて

（歓声 ファンファーレ）

ブルータス

また歓声だ この喝采は シーザーに

贈られた 新たな栄誉に 違いない

キャシアス

おい 奴は 巨大なる アポロ像 みたいだぞ

狭い世間に 足を広げて 立ちはだかって

我らのような しがない者は アポロの股の 下かいくぐり

キョロキョロと 侘しい墓を 捜しあぐねる

人は時には 自分の運命 決定できる

悪いのは 星の動きの せいではなくて

元凶は 卑しい人間 俺たちなのだ

シーザーと ブルータス 「シーザー」に 何がある？

その名前 君の名よりも どこがいい？

二つを書いて 並べればいい 君の名前も 素晴らしい

声に出し 言ったとしても 滑らかさ 同じよう

スケールに 載せてみたって 重さは同じ

「ブルータス」と 呪文を唱え 精霊を 呼び出すのなら

「シーザー」と 唱えるときと 同じ早さで 現れるだろう

さて ここで 神々に 尋ねたい

シーザーは 何を食べ あれほどまでに 成功したか？

時代という奴 恥ずべきだ

ローマよ おまえ 高貴な血筋 失っている

8　ギリシャ・ローマ神話 太陽神であり、詩や音楽などを司る美青年
の神。

20

ジュピター⁹による 大洪水の ときからでさえ

すべての栄誉 誰か一人が 独占したなど

ローマには あっただろうか?!

広大な ローマの地 たった一人の 人間で 賑わっている

我々は 父親たちが 話すのを 聞いたはず

昔々に ローマには ブルータスと 呼ばれる男 住んでいて

彼はローマに 王権を 認めるのなら

悪魔に支配 されるのが まだましと 言っていた

ブルータス

君の友情 僕は全く 疑ってない

君が僕にと 働きかけて いることも

おおよその 見当はつく

そのことや 今の時世に ついてなど

僕がどう 考えてるか いずれ二人で 話すだろう

でも今のとこ 君の厚意に 甘えることに なるのだが

もう これ以上 先に進むの たじろいでいる

君が今 言ったこと 考えておく

君がまだ 言ってないこと じっくりと 聞くからな

適当な 機会を見つけ

重大なこと しっかり聞いて 返事するから

それまでは 高貴な友よ よく考えて いてほしい

ブルータス このような 劣悪な 状況下では

9 ローマ神話 神々の王で、天の支配者。ギリシャ神話のゼウスに当たる。

ローマの子だと 主張するより

田舎者に なるほうが まだましだ

キャシアス

君の心に 低いトーンの 俺の言葉が

火を灯したの 嬉しく思う

ブルータス

競争は 終わったようだ シーザーが 戻ってくるぞ

キャシアス

連中が 通り過ぎる そのときに

キャスカの袖を 引いてみろ

今日あった 特筆すべき 事件など

皮肉交えて 教えてくれる ことだろう

（シーザーと その一行 登場）

ブルータス

そうしてみよう だが キャシアス あれを見ろ！

シーザーの 額には 怒りの色が 見えていた

他の連中は 叱られた 従者のようだ

キャルパニアの頬 蒼ざめて

シセロときたら フェレット[10]のよう 目を血走らせ

議事堂で 元老院の 議員から

10　ケナガイタチの飼育種（兎や鼠を穴から追い出すために飼育されたもの）。

　責められたとき そのままの 顔つきだった

キャシアス

　問題が 何だったかは キャスカ 教えて くれるだろう

シーザー

　アントニー！

アントニー

　はい シーザー

シーザー

　わしの周りは 太った男 だけにしろ

　髪を整え 夜はぐっすり 眠る者

　あのキャシアスは 痩せていて 物欲しそうな 顔つきだ

　あの男 考え過ぎる そういう者は 危険を孕む

アントニー

　恐れることは ありません 彼は危険と 思えない

　高潔な ローマ人だし 性質も 穏やかですし

シーザー

　もう少し 太っていれば いいのだが

　恐れてなんか いるわけじゃない

　もしわしの 名において 警戒が 一番に 必要なのは

　痩せこけた キャシアスだ

　よく本を読み 観察眼が 鋭くて 人の行動 その先を読む

　おまえと違い 劇が嫌いで 音楽を 聴く耳持たぬ

　笑うこと めったにないし 笑っても

　自分 侮り 蔑むような 笑い方

心の底から 笑ったりなど しない奴
そんな男は 自分より 偉大な人が 出てくると
心 波立つ そういうわけで 奴などは 危険人物
わしが言うのは 一般論で わし自身
奴のこと 恐れてる わけではないぞ
わしはシーザー なのだから
右側に 来てくれないか 左耳 聞きづらい
正直に あの男 どう思うのか 言ってみろ
（[ファンファーレ] キャスカを残し シーザー
その一行 退場）

キャスカ

袖を引いたが 話でも あるのかい？

ブルータス

そうなんだ 今日 何が あったのだ？
シーザーは 深刻な 顔つきだった

キャスカ

おや 君は 彼と一緒じゃ なかったのかい？

ブルータス

一緒だったら 聞くわけがない
だから教えて ほしいのだ

キャスカ

それはなあ シーザーに 王冠が 捧げられ
それに対して あの男 このように
手の甲で 払いのけると 人々の 歓声が 上がったのだぞ

ブルータス

次の騒ぎは？

キャスカ

いや それも 同じこと

キャシアス

三度も叫ぶ 声がした 最後のは 何なのだ？

キャスカ

ああ それも また同じ

ブルータス

王冠が 三度続いて 捧げられたか …

キャスカ

ああ その通り あの男 三度も払い のけたけど
その度に 払う手が 弱々しく なっていき
善良な 人々の 歓声が 高まった

キャシアス

王冠を 捧げた奴は 誰なんだ？

キャスカ

もちろん それは アントニー

ブルータス

なあ キャスカ そのときの シーザーの
態度なんかは どうだった？

キャスカ

態度など バカバカしくて 話せない
単に浮かれた 愚かなショーだ

見ないようには していたが
アントニー 王冠 三度 シーザーの 頭上にと――
いや 王冠なんて ものじゃない
どこにでもある ただの花輪で
今言った その通り シーザーは 払いのけたが
俺の目には 喜んで もらいたそうに 見えたもの
それから二度も 合計三度 払いのけ
――王冠に 執着してると 見えたんだ――
群衆が 「ウオーッ！」と 叫び 囃し立て
あかぎれの手を 激しく叩き
汗で汚れた ナイト・キャップ[11]を 投げ上げて
臭い息 大量に 吐き出したため
シーザーは 息を詰まらせ 気を失って 倒れる始末
だが俺は 笑うことさえ できずじまいだ
口を開けば 臭い空気が 入り込むから

キャシアス

ちょっと待て シーザーが 卒倒したと⁈

キャスカ

広場で倒れ 口から泡を 吹き出して
ものが言えなく なったのだ

ブルータス

---

11 就寝中に被る帽子。シラミ除け、冬の防寒用。サンタ・クロース
の帽子もこの一種。因みに、サンタ・クロースはオランダ語のサン
ト・クラースから来ている。

あり得ることだ シーザーは 癲癇(てんかん)の 持病持ち

キャシアス

いったい君が 言いたいことは 何なのか 分からんが
シーザーが 倒れたことは 明白だ
社会の屑の 市民ときたら 奴のこと 気に入れば 拍手喝采
気に入らないと やじり倒す きっとそうに 決まってる

ブルータス

シーザーは 正気に戻り 何と言ったか?

キャスカ

それがだな 倒れる前に 王冠を 拒んだことが
市民に受けた その上塗りで
みんなの前で 上着の前を はだけて叫び
「王冠を つけるなら 喉を掻っ切れ!」そう言ったんだ
——もし俺が 職人の 端くれならば
言葉通りに 掻き切って やったのに
そうでなければ ゴロツキ連れて
地獄落ちでも するほうが まだましだ——
とにかく奴は ブッ倒れ その後で 正気に戻り 言ったこと
「もしわしが 不都合なこと 言ったりしたり するならば
病気のせいと 思ってほしい」
俺のそばに 立っていた 三・四人 女ども 叫んで言った
「まあ 良い人ね 心から 許しましょうね」
だが こんな 奴らなど 問題でない
もしシーザーが そいつらの 母親を 殺していても

やっぱり奴を 許してたはず

ブルータス

その後に シーザーは 真面目腐って 退出だろう

キャスカ

そういうことだ

キャシアス

シセロは 何か 言ってたか？

キャスカ

言ってたよ ギリシャ語で

キャシアス

何についてだ？

キャスカ

そんなこと 分かるなら 堂々と してるだろうよ
シセロの言うこと 分かった者ら
お互いに 笑顔になって 首を横に 振っていた
しかし それ 俺にとっては チンプン カンプン
そんなことより もう一つ ニュースがあった
マララスと フレイヴィアスが シーザー像の
シルク飾りを 剥ぎ取ったため
処刑される ことになったぞ ではまたな
まだ他に バカげたことが あったけど
思い出すのが 難しい

キャシアス

キャスカ 今夜一緒に 食事しないか？

キャスカ

　だめなんだ 先約がある

キャシアス

　明日の都合 どうなんだ？

キャスカ

　いいよ 明日(あす)なら 俺がまだ 生きていて

　君の気持ちが 変わらずに

　君の出す 夕食が 食べるに値 するものならば

キャシアス

　よし それならば 待っている

キャスカ

　是非とも それを 願ってる

　では 二人とも またの日に　（退場）

ブルータス

　ぶっきらぼうな 人間に なってしまった

　学生時代 キャスカなど 溌剌(はつらつ)とした 性格だった

キャシアス

　どんなに彼が 鈍臭く 見えたとしても

　今でも何か 大胆で 意義ある仕事

　実行すると なったなら テキパキと やり遂げるだろう

　あの粗雑さは 彼独特の ウイットに合う 調味料

　それがあるから 食欲を そそられて

　彼の言葉を じっくりと 賞味できたり するのだからな

ブルータス

確かにそうだ だが 今のとこ この辺りにて お別れだ
明日だが どうしても 僕と話が したいのならば
僕のほうから 君を訪ねる
あるいは 逆に 君のほうから 来てくれていい
それなら 家で 待っている

キャシアス

俺のほうから 訪ねよう
そのときまでに ローマの情勢 考えて おいてくれ
（ブルータス 退場）
ああ ブルータス 君は高貴だ 高潔だ
だが 高貴さも 素直さ故に
どう細工 されるのか 分かったもんじゃ ないからな
だから高貴な 気質の人は 同類と 交わればいい
そそのかされて 変質するは 人の常
シーザーは 俺に敵意を 抱いてる
だが ブルータスには 信頼を 寄せている
もし俺が ブルータス 彼がキャシアス
逆の立場で いるのなら
この俺は そそのかされる 機会など 持ちはせぬ
いい考えが 浮かんだぞ
今夜のうちに 数人からの 筆跡違う 手紙を書いて
ブルータス家の 窓から中に 投げ入れる
別々の 市民から 来たように 見せかけておく
どの手紙にも ローマがいかに ブルータスの名を

非常に高く 評価してるか 書き記し
付け加えては 間接的に
シーザーの 野心をそっと ほのめかす
これから先は シーザーは
確固たる 権威形成 していくはずだ
揺さぶって 倒してみせる
それができなきゃ 暗黒の日が やって来る （退場）

第3場

ローマ　路上

（［雷 稲妻］キャスカ シセロ 登場）

シセロ

やあ キャスカ シーザーを 家まで送り 届けたか？
なぜそんなにも 息を切らせて いるのだい？
ぼんやり空を 見つめたりして …

キャスカ

動揺したり しないのか？
こんなにも 大地は揺れて ぐらついている
ああ シセロ 嵐も見たし 強烈な風 節だらけの 樫の木を
真っ二つに 割るのさえ 見たこともある
さらにまた あらゆるものを 突き動かせる 大海が

盛り上がり 怒り 泡立ち 襲い来る 雲で勢い 増強し
大暴れ するのさえ 見たことがある
だが今夜 このときに 至るまで
ただの一度も 豪雨のように
火を投げ落とす 嵐など 見たことはない！
天に在る 神々が 戦いを 始められたか
それとも 我ら 人間どもが あまりにも
生意気に なったので 神々が お怒りになり
この世を破滅 させようと なさってるのか…

シセロ

他にも何か 不可思議なもの 見たのかい？

キャスカ

一人の奴隷 ——君もまた 顔見知りだが——
左手を このように 上げたらすぐに
多くの松明 灯したように 煌々と 燃え出した
ところがだ その奴隷の手 火も感じずに
火傷もしない それだけじゃない
俺は抜き身の 剣をまだ 手にしているが
議事堂前で ライオンに 出合ったのだ
そのライオンは 俺のこと
キョトンとした目で 見るだけで
気にもとめずに のっそりと 通り過ぎて 行ったのだ
そのほかに 恐怖によって 蒼ざめた
百人ほどの 女ども 寄り集まって いたのだが

口を揃えて 言うのには 全身火に 包まれた 男たち
通りなど 行ったり来たり 歩いてるのを 見たのだと
昨日のことだが 夜の鳥 フクロウが
真昼に 広場に 降りてきて
ホーホーと 鳴いたりし 金切り声も 上げていた
こういった 不自然な 現象が
時 同じくし 起こったならば
「それには何も 原因がなく 不自然でない」と
人は言えまい
我々は ある星が 支配する 領域に 入り込み
不吉なことが 起こる予感が するのだが…

シセロ

確かにそうだ 奇妙なことが
よく起こる ご時世に なったものだな
人々は 物事の 重要性を 考えなくて
自分流に 解釈をする
シーザーは明日(あす) 議事堂に 行くのだろうか?

キャスカ

行くだろう アントニーに そのことを
君に必ず 伝えるように 命じてたから

シセロ

では これで おやすみ キャスカ
こんなにも 荒れた天気じゃ どこにも 行けぬ

キャスカ

じゃあ シセロ おやすみ （シセロ 退場）

（キャシアス 登場）

キャシアス
　誰だ?!
キャスカ
　ローマ人だ
キャシアス
　その声は キャスカだな
キャスカ
　いい耳を しているな
　キャシアス 何という 夜なんだ！
キャシアス
　正直者に 心地よい 夜である
キャスカ
　天が脅迫 してるって 誰がそう 思うだろう?!
キャシアス
　大地 これほど 多くの罪を
　背負っているの 知る者ならば そう思うだろう
　俺は今まで 通りを歩き 危険な夜に 身を晒し
　君が今 見るように
　胸をはだけて この俺は 雷鳴と 稲妻に 挑んでた
　フォークの先の 形して

青い稲妻 天の胸 引き裂いたとき
その閃光が 走る先にと この身挺した

キャスカ

なぜ それほどに 天を挑発 してたんだ？
絶大な 力持つ 天が その 恐ろしい禍の
前兆として 予め 警告を 与えると
人は恐れて 戦慄くことが 当たり前

キャシアス

キャスカ 君は愚かだ
ローマ人なら 誰しも胸に 秘めて持つ
命の火花 君にないのか？
それとも あって 使わないのか？
異常なまでの 天の苛立ち 前にして
君は蒼ざめ 唖然とし 眺めるだけで
恐れを抱き 畏怖の念に 駆られるだろう
だが君が 真の理由を 考えるなら
なぜ 火の雨が 降り出して 亡霊が 俳徊するか
なぜ 鳥や 獣は 本性に 合わぬ行動 するのだろうか？
なぜ 老人や 愚か者 子供たち
将来のこと 予言するのか？
なぜ 一切の 周りのモノが 常軌を逸し その性質や
前もって 形成された 機能を変えて しまったかなど
考えたなら 君にもそれが 分かるだろう
これらすべてに 天は霊を 注ぎ込み

地上での この恐るべき 状態に
警告を 与える手段と されたのだ
なあ キャスカ この恐ろしい
夜のような 男の名前 告げようか?
雷や 稲妻のよう 墓をこじ開け
議事堂の ライオンに似た 奴のこと
人間として 君や俺とは 同等なのに
個人としては 巨大になって
不可思議な 自然現象 それほどの 脅威の男

キャスカ

君が言うのは シーザーだろう 違うか?! キャシアス

キャシアス

誰だっていい! ローマ人 今も尚
先祖と同じ 肉体を 備えているが
悲しいことに 父方の 精神は死に絶えて
母方の 心に支配 されている
抑圧されて 耐え忍ぶのは 女々しい態度

キャスカ

実際に 噂では 元老院は 明日(あす)にでも
シーザーを 王位に就ける 予定とのこと
そうなれば ここイタリアを 除いては
海でも陸でも 王冠を 誇示するはずだ

キャシアス

そうなれば この短剣で 俺の胸 刺し抜いてやる

キャシアスは 奴隷の身から 自らを 救い出す
それにより 神々は 弱者を強者に 塗り替えて
暴君を 敗者になさる
石の塔 真ちゅうの壁 風も通らぬ 地下牢や
頑丈な 鉄条網で さえもまた
魂の 力には 抵抗できぬ ものだから
この世において トラブルに 倦み飽きた 人の魂
自分を解放 する力 備えてる
この俺は 知ってることを 世の人々に 伝えたい
今 俺ら 耐え忍んでる 暴虐は
自らの 心次第で 振り払うこと できるんだ
（雷鳴の音）

キャスカ

俺にもそれは できるだろう 奴隷であれど 拘束の縄
自らの手で 切り取る力 持っている

キャシアス

それならば なぜ シーザーは 暴君なのだ?!
哀れなことを 言ったりするな
シーザーだって ローマ人 羊だと 見なさねば
狼に なってはいない
ローマ人 雌鹿だと 思わねば ライオンに なってはいない
巨大な火 急いで熾す 者たちは
細い藁から 始めると言う
ローマはクズか ガラクタか 廃棄物？

奴のような クズ人間を 照らし出す?!
ああ 悲しみよ おまえが俺を
連れて来たのは どこなんだ?!
俺が今 話してるのは 奴隷願望 なのかもしれぬ
もしそうならば 言葉は責任 取らねばならぬ
だが 覚悟など とうの昔に できている
どんな危険も 恐れはしない

キャスカ

君が今 話す相手は キャスカだぞ
嘲笑い 告げ口などを したりはしない！
握手をしよう！
この悲しみを 救うため 同志募ろう
加わると 決めたからには この俺も 最後まで ついて行く

キャシアス

これで話は 決着だ では キャスカ 聞いてくれ
もうすでに 高潔な ローマ人
その幾人か 誘い集めて あるんだよ
名誉はあるが 危険伴う 企てを 決行するため
それに 今頃 もうみんな 集まって
ポンペイ劇場 そこのポーチで
俺を待って いてくれるはず
ぞっとする 今夜など 通りを歩く 者 誰も いないだろう
それにこの 荒れ狂う 四大元素の 様相は
俺たちが 決行しようと することに似て

血なまぐさくて 火のようで 凄惨(せいさん)だ

キャスカ

どこかに身を 隠すのだ！

こちらに誰か 急ぎ足で やって来る

キャシアス

シナだろう 足音で すぐ分かる シナは味方だ

（シナ 登場）

そんなに急ぎ どこへ行く？

シナ

君を捜して いたんだよ そこにいるのは 誰なんだ？

メテラス・シンバーか？

キャシアス

いや キャスカだよ

今 彼は 俺たちの 計画に 加わって 同志となった

みんなが俺を 待ってるのかい？

シナ

同志が増えて よかったな それにしても ヒドい夜だな

我らのうちの 三・四人 不思議な光景 出くわした

キャシアス

みんなが待って いるのかい？ おい！

シナ

ああ 待ってるよ でもな キャシアス

高潔な ブルータスさえ

君が仲間に 引き入れて くれたなら…

キャシアス

任せろよ シナ この手紙 ブルータスには

はっきりと 目につくように 考えて

法務官の 椅子の上 こっそりと 置いてきてくれ

それから これは 彼の家 その窓辺にと 投げ入れて

これについては ブルータスの 彫像に

蠟を使って 貼りつけてくれ

それが済んだら ポンペイ劇場

そのホールに 向かうのだ そこで待つから

デシアス・ブルータス トレボニスらも 来ているか?

シナ

メテラス・シンバー 以外はみんな 揃ってる

彼一人 君を捜しに 自宅に行った

今から急ぎ これらの手紙 指示通り 置いてくる

キャシアス

それが済んだら ポンペイ劇場 来てくれよ

(シナ 退場)

なあ キャスカ 俺ら二人で 夜明け前

ブルータスを 訪ねよう 彼の心の 3/4 こちらのものだ

あとわずか 1/4 次の機会で 決めてやる

キャスカ

ああ 彼は 人々に 高く評価 されている

俺たちに 罪とさえ 思えることも 彼の支持 あるのなら
美徳や価値が あるものに 変化する
彼はまさしく 錬金術師

キャシアス

その価値は 我らには 必需品
すべては君の 言う通り 夜明け前 彼を起こして
彼の心を 手に入れるのだ（二人 退場）

第2幕

ローマ　ブルータスの館の庭

（ブルータス 登場）

ブルータス

あれっ？ ルシャス どこなんだ?!
こんな空では 星の運行 目安にし
夜明けまで あとどれほどか 見当つかぬ
ルシャス どこにいるんだ?!
ぐっすり眠り 起きられぬのが 欠点と 言われてみたい
いつ起きるんだ?! ルシャス 起きてこい！
聞こえないのか？ ルシャス！

（ルシャス 登場）

ルシャス

何かお呼びで？

ブルータス

僕の書斎の ロウソクを 灯しておいて くれないか？

火がついたなら 呼びに来てくれ

ルシャス

かしこまりました（退場）

ブルータス

彼の死なくば 決着は無理 僕にとっては 彼は討つべき

個人的 理由など 何もない

市民のためだ ただそれだけだ

彼は頭上に 王冠抱く ことになる

そのことが 彼の性質 いかに変えるか

それが問題 なのである

毒ヘビが 土から出るの 晴れた日だ

そんな日は 散歩するにも 用心が 必要だ

彼に王位を?! それが問題！

そうすれば 彼にはきっと 毒牙が生えて

人に危害を 加えるだろう

権力に 思いやり 欠落すれば

偉大さ故に 権力は 濫用される

シーザーに 関して言えば

実際 彼が 理性を失くし 感情などに

流された 例などない でも 世間を見れば

権力の座に 登る野心の 梯子の段の 一段目

そこにあるのは 仰ぎ見る 謙遜なのだ

最上段に 登ったならば 梯子には 背を向けて

さらに高度の 雲を見つめて

自分が登った 梯子の段を 蔑視する

シーザーだって そうなりかねん

そうなる前に 手を打つぞ

だが今のとこ 彼を糾弾 すべき理由は 何もない

こういうことに しておこう

権力が 増大すれば あれやこれやと

暴虐の 限りを尽くす ことだろう

彼のこと 毒ヘビの 卵だと 思えば それで いいことだ

孵化すれば その本性を 現して 害を為す

それ故に そうなる前に 始末する

（ルシャス 登場）

ルシャス

お部屋に明かり 灯りましたが

その前に 火打ち石 手探りで 探していると

この手紙 封をしたまま 窓辺に落ちて おりました

先ほど 私 休む前には なかった物で … （手紙を手渡す）

ブルータス

もう一度 休むがよいぞ 夜はまだ 明けはせぬ

ルシャス 明日は 三月十五日？

ルシャス

さあ どうなのか 分かりませんが …

ブルータス

　カレンダー見て 教えておくれ

ルシャス

　かしこまりました （退場）

ブルータス

　大気中 流星走り 明るい光 放ってる

　ここで手紙は 読めそうだ

　（手紙を開封し 声に出して読む）

　「ブルータス 眠ってる ときでない 目を醒ませ

　そして自分を しっかりと 見つめてほしい

　このローマ … なぜ … 話せ！ 倒せ！ 正せ！」

　「ブルータス 眠ってる ときでない 目を醒ませ！」

　扇動の こんな手紙は 頻繁に 投げ入れられた

　「このローマ … なぜ …」 を 繋いでみよう

　このローマ （一人の男 そのご威光に）

　なぜ （屈せねば ならぬのか？）

　それでも おまえ ローマと言える?!

　タークウィンが 王と称した そのときに

　我らの先祖 ローマから 奴を追放 したではないか

　「話せ！ 倒せ！ 正せ！」

　この僕に？ 声を上げ？ 剣を取り?! 正義を為せと!?

　よし！ ローマ！ 約束しよう！

　世直しに なるのなら おまえの訴状 ブルータスの

　この手によって 聞き届けよう！

（ルシャス 登場）

ルシャス

　三月になり 十四日 過ぎました（奥でノックの音）

ブルータス

　よし そうなのか

　門を見てこい 誰かがノック しているようだ

（ルシャス 退場）

　キャシアスに シーザーを 倒そうと 駆り立てられた

　その時点から 僕はまだ 一睡も していない

　心の動き 始まって 恐ろしい 行動までの その間

　忌まわしい 悪夢の時間 まだ見ぬ未来 映し出す 走馬灯

　永遠の魂と この肉体が 激論を 交わし始めた

　ちっぽけな 王国のよう

　人間の 領域内で 内乱の 勃発だ

（ルシャス 登場）

ルシャス

　義理の弟 キャシアスさまが お見えです

　どうしても お会いしたいと おっしゃって …

ブルータス

　一人でか？

ルシャス

　いえ 他に 数人の方

ブルータス

　顔を知ってる 者たちか？

ルシャス

　それが帽子を 耳まで被り
　コートの襟で 顔を隠して 立っているので
　誰が誰やら 分かりません

ブルータス

　通してもよい （ルシャス 退場）
　一味の者だ 悪がのさばり 歩く夜
　ああ 陰謀よ 底知れぬ 危険な様相
　見られるの 恥じているのか？
　ああ そうならば 日中に 異形なる 容貌を
　隠す洞窟 どこに見つける?!
　どうあがこうと 見つかりはせぬ
　愛嬌と 微笑みの中に 隠すがよいぞ
　おまえがもしも 生まれ持つ その素顔にて
　出歩くならば エレボスさえも
　おまえなど 隠せる闇は
　持ち合わせては おらぬから

12　原典 "cloak"「袖なしのマント」、裏の意味「秘密、悪」。
13　ギリシャ神話 暗黒 / 冥界の神。太陽神ゼウスによって、永遠の
　地獄タルタロスに落とされた。

(暗殺者たちのキャシアス キャスカ デシアス シナ
メテラス・シンバー トレボニアス 登場)

キャシアス

　お休み中に 邪魔をして 申しわけない
　ブルータス おはよう 迷惑だった？

ブルータス

　一睡も できなかったな
　それでもう 一時間ほど 起きている
　君と一緒に 来てる者ら 僕の知る 人たちか？

キャシアス

　全員そうだ 君を尊敬 してない者は 一人もいない
　高潔な ローマ人 すべての人が 望むよう
　ここにいる 者たちみんな
　君のこと 君自身に 敬意払えと 願ってる
　この男 トレボニアスだ

ブルータス

　よく来てくれた

キャシアス

　これは デシアス・ブルータス

ブルータス

　君もまた

キャシアス

これはキャスカで 次はシナ
その次は メテラス・シンバー

ブルータス

みんな よく 来てくれた
どのような 心配事で 君たちの目は
夜の眠りで 閉じようと しないのか？

キャシアス

一言 話 あるのだが
（ブルータスとキャシアス 囁き合う）

デシアス

こちらが東 こちらから 陽が昇る

キャスカ

違うだろう

シナ

いや そうだ
あの雲に 縞模様した グレイの線が 見えるだろう
あれが夜明けを 告げている

キャスカ

二人とも 勘違い してるんだ
俺の剣 指し示す 方向に 太陽が 昇るんだ
かなり南に 寄っている
一年の まだ春を呼ぶ 季節だからな
あと二ヵ月も 経ったなら ずっと北から 昇るだろう
この方向の 議事堂のある この辺り

ブルータス

    さあ みんな 一人ずつ 握手をしよう

キャシアス

    我らの決意 誓い合おうぞ

ブルータス

    いや よそう 誓いはいらぬ

    もし人々の 表情に 苦悩の跡が 見受けられ

    我々自身 魂が 苛まれ

    この時代 特有の 腐敗ぐらいで

    成敗するの やり過ぎと 言うのなら

    今すぐに やめてしまおう

    全員揃い ベッドに入り 眠りにつけば いいことだ

    勝手気ままに 独裁制に すればいい

    日を待たずして 暴君の 気まぐれで

    我々は 次々と 葬られ 消えいく

    だが我々に 臆病風を 蹴散らせる

    勇気があって 脆弱な 女心を

    鋼鉄に 鍛える力 あるのなら

    ──僕はあると 信じているが──

    同志諸君よ 不正正すに 正義の拍車 鞭打つの

    何のためらい あるのだろうか！

    思慮深い ローマ人らが 一旦口に 出したなら

    その言葉 違えることは あり得ない

    誠実な 者同士 手を結ぶなら

それだけで 誓いより 固い契りだ

結び目が 解けるのなら 我々は 自滅する

誓いたければ エセ牧師 卑怯者 策略家

老いぼれや 不正を許す 腐った者ら

勝手にやらせて おけばよい

誓いなど 悪事企む 者たちに 必要であり

我々は 正義のために 事を為す

我々の 気高い心 汚す誓いは 避けようぞ

我々の 行動や その理由にも

誓いなど 必要だなど 考えるのは 間違っている

ローマ人なら 約束を した後になり

その一部でも 破るような 行為をすれば

誇り高い その体内に 流れる血

一滴までも 汚されてると 主張する

キャシアス

なあ ちょっと シセロのことは どうしよう？

話してみるか？ 彼なら きっと

強い味方に なってくれると 思うのだがな

キャスカ

除外すること ないだろう

シナ

その通り

メテラス

是非とも シセロ 仲間にしよう

彼の白髪 我らにとって 都合良い
世評など 勝ち得る他に 我らの行為 誉めそやす
賛同意見 促すことに 繋(つな)がるからな
彼の決断 我ら導き 我らの若さ 粗暴さなどは 表面に出ず
彼にある 尊厳という 陰にこっそり 隠れるはずだ

ブルータス

いや シセロ 仲間にするの 賛成できぬ
このことは 彼には言わぬ ほうがいい
シセロはな 他の者が 始めたことに
ついて来たりは 絶対しない

キャシアス

では 彼を 排除する

キャスカ

確かに 彼は そんなところが あるからな

デシアス

殺(や)る相手 ただ一人 シーザーだけで いいのかい?

キャシアス

デシアス それに よく気がついた
シーザーの 愛弟子の アントニー
シーザーの死後 生かしておくの 具合が悪い
あの男 ズルい策士で あるからな
臨機応変 対処もうまい その才能が 開花したなら
我々も 窮地にと 追い詰められる 可能性ある
それ防ぐため シーザーの 供として

アントニー　殺ってしまおう

ブルータス

首を刎ね その後に 手足まで 切り落とすなど

あまりにも 残忍と 見えないか キャシアス？

怒り狂って 殺害し 悪意のしこり 残すみたいだ

アントニーなど シーザーの 手足に過ぎぬ

我々は 生贄を 捧げるのだぞ

屠殺など するのではない

我々が 立ち向かうのは シーザーの 心根だ

人間の 心には 血など通って おらぬのだ

シーザーの 心根だけを 奪い去り

シーザーは 殺したくない

無念だが シーザーは 血を流さねば ならぬのだ

だから 諸君 復讐でなく 正義貫き やり遂げるのだ

神に生贄 捧げる気持ち 忘れずに 剣を握ろう

猟犬に 肉を切り分け 与えるのでは ないからな

駆け引きに 長けた主人が するように

召使いらを 扇動し 暴動を 起こさせて

事が起こった 後になり 彼らを叱る ふりをする

そうすれば 我々の 行動は 不可避であって

悪意など 何もない そう庶民の目に 映るなら

我々は 暗殺者 とはならなくて

正義の勇者と 称えられるぞ

アントニーなど 問題外だ

シーザーの 首が飛んだら アントニーなど
シーザーの 手足の動き さえできぬ

キャシアス

いや 俺は 奴が気になる
シーザーを 根っから敬愛 してたから

ブルータス

なあ キャシアス アントニーなど 気にするな
もし彼が シーザーを 心から 崇拝してる
そう言うのなら 彼にでき得る 唯一のこと
嘆き悲しみ シーザーの 後追い自殺 することだ
あの アントニー 遊び好きだし
仲間集めて 放蕩三昧 恐るに足らず

トレボニアス

奴の心配 いらぬだろう 殺す価値など ないのでは
生きていたって このことを 後になったら
笑い話に してしまうはず （時計の鐘が鳴る）

ブルータス

静かに！ 鐘の数 数えよう

キャシアス

三回鳴った

トレボニアス

立ち去る時刻

キャシアス

もう一つ 気になることは

今日 シーザーが 果して 姿 現すかだな
最近は 迷信深く なっている
昔とは 正反対だ かつては夢や 幻影や 縁起など
毛嫌いし 反発してた はずなのに
不可思議な 出来事や 今夜のような 自然の脅威
占い師らの 警告などで 議事堂へ 行くのを今日は
控えると いうこともある

デシアス

その心配は 無用だな
もしシーザーが そんな気に なったなら
俺がその気を 変えてやる
一角獣に 襲われたなら 木の前に立ち
刺される前に 身をかわす 猟人ら
熊なら鏡 象ならば 落とし穴
ライオンは罠 人間ならば へつらう者ら
それを避けるの 大事だと いう話
シーザーは 聞いて喜ぶ
この俺が シーザーに へつらう者は お嫌いですね
そう言ったなら その通りだと 答えるだろう
今まさに へつらわれてるの 気づかずに …
俺に任せろ ご機嫌を取り その気にさせて
議事堂に 連れ出すからな

キャシアス

それよりも みんな揃って 行くほうが いいのでは

ブルータス

　遅くとも 八時までには 行けばいい

シナ

　絶対に それまでだ 時刻には 気をつけよう

メテラス

　リゲリアスも シーザーを 憎んでる

　ポンペイのこと 誉めそやし

　シーザーの 逆鱗(げきりん)に 触れたから

　どうして誰も 彼のこと 思い出したり しなかったのか?!

ブルータス

　そうだった 彼の所に 行ってくれ

　彼は僕には 好意 寄せてる それについては わけがある

　ここに来るよう 言ってくれ 彼を僕らの 仲間に入れる

キャシアス

　もうすぐ朝だ 失礼するよ ブルータス

　じゃあ みんな 解散だ

　自分が真の ローマ人だと いうことを 心して 忘れるな

ブルータス

　さあ 諸君 生き生きとした

　晴れやかな顔 見せるのだ

　心に秘めた 計画は 外に出しては ならぬから

　ローマの役者 見習って 不屈の魂

　冷静な 態度忘れず やり遂げよう

　では みんな また会おう

（ブルータス以外 全員 退場）
おい！ ルシャス！ ぐっすりと 眠ってる？
まあ それでいい
蜂蜜のよう 甘い眠りを じっくりと 味わうがいい
心配事が 人々の 脳裏に描く
幻や 妄想も おまえにはない
だから ぐっすり 眠れるのだな

（ポーシャ 登場）

ポーシャ

ブルータス ねえ あなた！

ブルータス

ポーシャ おまえは どうかしたのか？
こんなに早く なぜ起き出した？
弱い体を 朝の冷気に 晒すのは 良くないことだ

ポーシャ

良くないことは あなたにも 同じでしょ
私のベッド こっそりと 抜け出して つれない方ね
昨日の夜の 食事のときも
突然に 立ち上がり 歩き回って
瞑想に 耽ったり 溜息をつき
「どうなさったの？」と お尋ねしても
冷たい視線 投げ返すだけ

問いただしたら 髪の毛を 掻きむしり
イライラし 床をドンドン 踏みつけられる
さらにお尋ね したならば 返事なさらず
怒った様子で 手を振って 立ち去れという
素振りなど なさいましたね
苛立ちを 高じては ならないと
誰にでもある 体液の 一時的 変調のせい
そう思い 私はそれに 従いました
それからは 食事なさらず 物言わず
お眠りも なさいません
あなたの心 変わったように お姿までも 変わったならば
ブルータス あなたのことが 私には
分からなく なるでしょう
ねえ お願いよ あなたの悩み
どうか私に 打ち明けて くださいません？

ブルータス

体調が すぐれないんだ ただ それだけだ

ポーシャ

ブルータスは 賢明な人
病気なら 治す手段を 講じるはずね

ブルータス

だから それ じっくりと 考えている
さあ ポーシャ 休むがいいよ

ポーシャ

ブルータスが ご病気で?!

胸をはだけて 歩き回って

夜明け前の 湿った空気 吸うことが 体には 良いのです?!

なぜでしょう? ブルータスが ご病気で?!

心身の ためになる 寝床抜け出し

病気を運ぶ 夜の陰気な 空気を吸って

鼻や喉の 粘膜を 損なって 病気を悪化 させるおつもり?

いいえ そうでは ありません

ブルータス 病気の元は あなたの心

その中に あるのです

妻として あるべき姿 そのままに

私はそれを 知っておかねば なりません

跪き お願いします

あなたに 昔 誉められた この美しさ

さらに あなたの 愛の誓いに 懸けまして

私たち 一つに結んだ 聖なる誓い お忘れで ないでしょう

私の身 あなたの半身 あなた自身と お思いになり

どうか私に 打ち明けて くださいまし

なぜそれほどに 思い悩んで いらっしゃるの?

今夜来た 人たちは 誰なのですか?

六・七人の 方たちが 暗闇なのに

顔を隠して 訪問でした

ブルータス

優しいポーシャ 立ってくれ

ポーシャ

　いつものあなたで 心優しい ブルータスなら

　跪いたり いたしませんわ

　ねえ ブルータス 結婚の 約束に

　あなたのことで 私には

　知ることの できない秘密 あってもいいと

　そんな条項 ありました？

　私があなたと 一体なのは 早く申せば 条件付きで

　食事を共に ベッドも共に 気が向けば 話し相手

　ただそれだけの ことですか？

　この私 心の中の 本宅でなく

　あなたが求む 快楽のため 郊外[14]に 住んでるのです？

　そうならば ポーシャなど 妻ではなくて

　ブルータスの 娼婦です

ブルータス

　おまえは僕の 偽りのない 立派な妻だ

　僕の大事な 心臓に 送られて来る 血液ほども 大切だ[15]

ポーシャ

　そのお言葉が 真実ならば

　あなたの秘密 私に 教えては いただけません⁉

　私 女であることを 認めます

14　シェイクスピアの時代にはロンドンの売春宿は郊外にあった。

15　当時、血液は肝臓で作られて、悲しいことやストレスがあると血
　液の供給は減少すると考えられていた。

でも ブルータス 妻にと 選んだ 女です

私 自分で 女であると 認めます

でも ケイトウの 娘とし 高い評価を もらってる 女です

そのような父 このような夫 持つこの私

並の女と 同じほど か弱いと お思いですか？

秘密をどうか お教えを

それを他人に 漏らすことなど 絶対に ありません

試練に耐えた 私自身の 精神力は お見せしたはず

この手を使い この太腿に 傷を負わせて

じっと堪えた この私 夫の秘密

守れないなど お思いですか!?

ブルータス

おお 神々よ！

どうか私を この気高い妻に 見合うほど

高潔な 夫にと させ給え（奥でノックの音）

シイッ！ 聞こえるだろう！

誰かがドアを ノックしている

しばらく奥で 控えておいて

用件が 済み次第 おまえの胸に

僕の心の 秘密をすぐに 打ち明けるから

僕の責務の 詳細と この額にと 刻まれた

深刻な文字 おまえには 説明をする

急いで奥に 下がっておいて！　（ポーシャ 退場）

ルシャス！ ノックをするのは 誰なのだ？

（ルシャス 次にリゲリアス 登場）

ルシャス

　病気のような 人が今
　旦那さまにと お話が あるとのことで…

ブルータス

　メテラスが 話してた リゲリアスだな
　ルシャス 下がっておれ
　リゲリアス 体の具合 悪いのか？

リゲリアス

　か細い声で おはようと 言わせてもらう

ブルータス

　ああ 気品ある リゲリアス
　何とまあ 不運なときに 病気になって！
　健康で いてくれたなら…

リゲリアス

　もしブルータス 名誉ある 計画を 立てているなら
　病気など 吹っ飛んでいく

ブルータス

　リゲリアス 健康な耳 あるのなら
　それが聞こえる 計画を 立てている

リゲリアス

　ローマ人が 頭を下げる 神々に 誓って言おう

今ここに 病気は捨てる！ （頭巾を投げ捨てる）
ローマ魂！ 名誉ある 血筋を継いだ
勇敢な ブルータス 悪魔払いの 祈祷師のよう
俺の瀕死の 魂を 復活させて くれたのだ
「さあ 走れ」そう命令を！
不可能に 立ち向かう そして それ やり遂げる
何をすれば いいのだな？

ブルータス

病人を 健康にする 一つの仕事

リゲリアス

健康な者 病人にする 必要は ないのかね？

ブルータス

それも必要 あるだろう 為されるはずの 当人の 所へと
向かう途中で 何をするかは 打ち明ける

リゲリアス

まず一歩 踏み出してくれ
新たに燃える 勇気を胸に ついて行く
何をするのか 分からぬが…
ブルータスが 先導すれば それで充分

ブルータス

それなら 行こう （雷鳴）
（二人 退場）

ローマ　シーザーの館

（[雷鳴と稲妻] シーザーが部屋着姿で 登場）

シーザー

天も地も 昨夜 怒りの 様相だった
キャルパニア 眠りの中で 三度も叫び
「助けて！ 誰か！ シーザーが 殺される！」と
誰かおらぬか？

（召使い 登場）

召使い

お呼びでしょうか？

シーザー

神官に 生け贄を 捧げて
結果 報告するよう 言ってこい

召使い

はい すぐに 手配させます （召使い 退場）

（キャルパニア 登場）

キャルパニア

どういうつもり？ ねえ シーザー

お出かけに なるのです?!

今日だけは 家から外へ 出ることは お控えを！

シーザー

シーザーは 出かけるぞ

わしに脅威を 与える者は わしの背を 見ただけだ

シーザーの 顔を見たなら 雲散霧消 してしまう

キャルパニア

シーザーさま 一度も私 縁起など

担いだことは ありません

でも今は それが怖くて なりません

家の者 その一人 申しますには

私たち 実際に 見聞きしたほか

夜警の人が 見たという 悍ましい 光景のこと

ライオンが 路上にて 子を産んだとか

墓がぽっかり 口開き 死人を外に 吐き出したとか

雲の上では 炎の戦士 陣を張り 隊列を組み

激烈な 戦闘を 繰り広げ 議事堂に 血の雨を 降らせたり

斬り合う音が 空中に 響き渡って

馬はいななき 瀕死の戦士 呻き声上げ

亡霊が 街中を 泣き喚き 走り抜けたと いうことですよ

ねえ シーザー これ ただごとで ありません

忌まわしい 兆しです

シーザー

　神が定めた ことならば 避けるなど できようか?!
　シーザーは 出かけるぞ
　この前兆は シーザーだけに 対してでなく
　全世界にと 向けられたもの

キャルパニア

　乞食 死んでも 彗星{すいせい}などは 現れません
　王権を 持つ者のとき 天は炎を 発します

シーザー

　臆病者は 死ぬ前に 恐れによって 何度も死ぬが
　英雄の死は たった一度の ことなのだ
　わしも今まで 数多く 不思議なことを 耳にした
　その中で 最たるものは
　人が死に 直面したら 恐れることだ
　生と死は 必然的な 帰結であるぞ
　来るべきときに それは来るのだ！

　（召使い 登場）

　神官は 何と申した？

召使い

　本日は 外出を なさっては ならぬとのこと
　生け贄の 内臓を 取り出して 見たところ
　その獣{けだもの}に 心臓が なかったのです

シーザー

　神々は 臆病者を 辱め なさったのだぞ

　恐れて家に いたならば

　シーザーも 心臓のない 獣と 同等になる

　シーザーは 立ち向かう

　シーザーが 危険より 危険なことは

　危険こそ よくわきまえて いるはずだ

　危険とわしは 同じ日に 生まれ落ちたる 二頭のライオン

　わしのほう 兄であり より恐ろしい

　だから シーザー 出かけるぞ

キャルパニア

　ねえ あなたの知恵は 自信過剰の 波に呑まれて 沈むのよ

　今日の外出 お控えを！

　あなたではなく 私がひどく 怯えるからと

　言えば済むこと

　アントニーを 元老院に 遣わせて

　今日 ご気分が すぐれぬからと 伝えさせます

　お聞き届け いただくように 跪き お願いします

シーザー

　それならば わしの気分が すぐれぬと

　アントニーに 伝えさせよう

　出かけないのは おまえの 気持ち 汲んでのことだ

　（デシアス 登場）

デシアスが やって来た あの男に 伝言頼む

デシアス

　ご機嫌は いかがです シーザー閣下

　元老院へ お供にと お迎えに 参った次第

シーザー

　ちょうど良いとき 来てくれた

　元老院へ わしの言伝て 頼みたい

　今日は行かぬと 言ってくれ 行けぬと言えば 嘘になる

　あえて行かぬと 言ったなら 不可解な 嘘になる

　今日は行かぬ ただそれだけを 言ってくれ

キャルパニア

　病気だと 言えばいいのよ

シーザー

　シーザーが 嘘をつく？

　こんなにも 広大な 地域征服 果たした わしが

　白髪の 連中恐れ 真実を 言えぬと言うか⁉

　デシアス こう言えばいい

　ただ一言で「シーザーは 行かぬ」と

デシアス

　最高の 権威ある シーザー

　そのわけを お教えください

　そんな言い方 したのなら

　嘲笑されるの 目に見えてます

シーザー

> わけなどいらぬ わしの意志
>
> 「シーザーは 行かぬ」それだけで
>
> 元老院を 納得させるに 充分だ
>
> だがわしは 君を大事に しておるからな
>
> おまえ満足 するために 言ってやる
>
> ここにいる わしの妻 キャルパニア
>
> わしに願って 言うことは「家にいてくれ」なんだから
>
> 妻の昨夜の 夢の中 わしの像の 多くの箇所に
>
> 穴が開き そこからは 噴水のよう 真っ赤な血 吹き出して
>
> その場所に 笑ってる 屈強な ローマ人 幾人も 押し寄せて
>
> 彼らの手 その血で洗い 清めたと言う
>
> 妻はこれ 不吉の予兆 神様の警告と 解釈してる
>
> それで 今日 跪き 家からは 一歩たりとも
>
> 出ないでと 訴えて おるところ

デシアス

> その夢の 解釈は 見当違い 明らかですね
>
> 縁起が良くて 幸運な夢 だったのですよ
>
> シーザーの像 噴水のよう 血を吹き出して
>
> ローマ人の 多くの人が 微笑んで
>
> 手を洗うのは 大ローマ あなたから
>
> 復活の血を 吸い取って
>
> 高貴な人々 紋章や 勲章や 記念の品と
>
> 聖なる血にて 衣服を染める その意味ですよ

奥さまが 見た夢は これを象徴 する夢ですね

シーザー

　　君は正しく 夢を解釈 しているな

デシアス

　　これから話す 内容を お聞きになれば

　　そのことが よく お分かりに なるでしょう

　　今 確実に 言えるのは 偉大なる シーザーに

　　元老院は 今日 王冠を 献じる予定

　　もしご出席 なさらねば 取りやめの 可能性 あるのです

　　その上に 嘲笑い 誰かが言うか 知れません

　　「元老院は 解散だ！ シーザー夫人が

　　もっといい夢 見るまでは」と シーザーが 怯(ひる)まれたなら

　　多くの者は 囁(ささや)くでしょう

　　「シーザーは 恐れてるのか？」と

　　失礼なこと 申し上げ お許しを

　　これもただ シーザーさまの 昇進を 願ってのこと

　　敬愛の念 分別を 乗り越えまして …

シーザー

　　キャルパニア おまえの恐れ 愚かなものと 思えるな

　　それに屈した わし自身 赤面いたす

　　ガウンの準備だ 出かけるぞ

　　(パブリアス ブルータス キャスカ リゲリアス シナ

　　メテラス トレボニアス 登場)

　　ほらそこに パブリアスが 出迎えに 来てくれた

パブリアス

　　おはようございます

シーザー

　　よく来てくれた パブリアス

　　おお ブルータス おまえもか

　　こんなに早く 起き出して

　　おはよう キャスカ

　　リゲリアス わしはおまえの 敵ではないぞ

　　敵はおまえを 痩せさせた 病のほうだ

　　ところで今は 何時であるか？

ブルータス

　　八時の鐘が 鳴りました

シーザー

　　早々の 出迎えに 感謝いたすぞ

　　（アントニー 登場）

　　おお アントニー 夜通し酒宴 張っていたのに

　　もう起き出したか… おはよう アントニー

アントニー

　　おはようございます

シーザー

あちらのほうで ワインの用意 させるのだ
待たせてしまい 悪かった
シナやメテラス だけでなく
トレボニアス おまえには 後でだが
一時間ほど 話がしたい
今日のうち またやって来い
忘れぬように わしのそば いればいい

トレボニアス

そういたします
〈傍白〉そばにいて やるからな
おまえの親友 後になり そばになど
いてほしく なかったと 思うほど 近くにな

シーザー

親しき諸君 奥に入って
共にワインを 飲み交わそうぞ
その後で 友人のよう 共に出かける

ブルータス

〈傍白〉「友人のよう」は「友人でない」
そのふりを するだけだ それを思うと シーザー
ブルータスの 胸の内 苦しくなるぞ （一同 退場）

第3場

ローマ　議事堂近く　路上

（アーティミドラス 紙片を読みながら 登場）

アーティミドラス
　「シーザーよ ブルータスには 用心を！
　キャシアスに 気をつけて キャスカには 近づかず
　シナに目配り トレボニアスは 信用ならず
　シンバーは 警戒し デシアスは 憎んでる
　リゲリアスなど 恨んでる
　この者どもの 心は一つ シーザーに 叛逆だ
　あなたでさえも 不死身では ないはずだ
　ご用心 ぬかりなく！
　それなくば 陰謀の花 咲き誇る
　偉大なる 神々の ご加護あること 願っています
　敬具 アーティミドラス」
　シーザーが お通りなさる そのときまでは
　ここでじっくり 待つことにする
　陳情に来た 人のふりして これを直接 手渡そう
　高徳な 人でさえ 嫉妬の刃 免れぬ
　それを思えば 私の胸は 張り裂ける
　これ読めば シーザーよ あなたの命 救われる

さもなくば 運命の女神たち
謀叛人らに 微笑むことに なるだろう （退場）

第4場

ブルータスの館の前　路上

（ポーシャ ルシャス 登場）

ポーシャ

さあ ルシャス 元老院へ 走っていって！
返事なんかは いらないからね
さあ早く どうしてじっと しているの⁉

ルシャス

用件を 伺いたくて …

ポーシャ

用件などを 聞いている間にも
走っていって 帰ってくれば いいものを
〈傍白〉ああ この私 物事に 動じない
強い心が 欲しいもの …
私の口と 心との 間には 巨大な山が あればいい
男の心 あったとしても 女は非力
女には 秘密を守る こと自体 辛い試練よ
（ルシャスに）まだいたの?!

ルシャス

　奥さま 私 どうすれば いいのです？

　議事堂に 走っていって 何もせず

　走って帰り ただそれだけで？

ポーシャ

　それだけで いいのです

　ご主人が 元気かどうか 見るだけで…

　お出かけのとき ご気分が すぐれなかった

　シーザーが なさることにも 気をつけて

　どんな陳情 する人が来て… あれっ 何？ あの物音は？

ルシャス

　私には 何も物音 聞こえませんが…

ポーシャ

　さあ しっかりと 耳を澄まして！

　小競り合いかと 思えるような 騒音よ

　議事堂の 方面からの 風に乗り…

ルシャス

　本当に 何も物音 聞こえませんが…

　（占い師 登場）

ポーシャ

　ねえ あなた どちらから いらしたの？

占い師

私自身の 家からですが

ポーシャ

今 何時かを ご存知ですか？

占い師

九時頃ですね

ポーシャ

シーザーはもう 議事堂に 着かれましたか？

占い師

まだですね シーザーが 通るとき
彼を見る 場所取りに 行くところです

ポーシャ

シーザーに 願い事でも あるのです？

占い師

ありますね シーザーが 私の話 聞くほどに
自分自身を 大切に お思いならば …
それを実行 されるよう 願っています

ポーシャ

シーザーに 危害加える 企てなどが あるのです？

占い師

知る限りでは ありません
恐れているの その可能性の 大きさですね
では これで 失礼します この辺り 道が狭くて
シーザーの 後に従う 元老院の 議員やら
執政官ら 一般の 陳情者らで 混雑し

弱者らは 人混みで 死にかけるかも …
人出少ない 場所見つけ
シーザーが 通るとき 声をかけます

ポーシャ

家の中にと 入らねば
ああ この私 女の心 なんてもの
何て か弱い 存在なのか?
ああ ブルータス 神々が
あなたらの 計画に お力添えを!
〈傍白〉きっと あの子に 聞かれたはずね
(ルシャスに)ブルータスさま 今日シーザーに 請願される
でもシーザーは 聞き入れないわ ああ 目眩が起こる
ルシャス ご主人さまの 所へ走り
私はとても 元気だと お伝えし
そのお返事を もらってきてね (二人 別々に 退場)

第3幕

ローマ　議事堂の前

（元老院議員らが舞台上方に着座している
群衆の中にアーティミドラスと占い師がいる
[トランペットの音] シーザー ブルータス キャシアス
キャスカ デシアス メテラス トレボニアス シナ
アントニー レピダス ポピリアス パブリアス
その他 登場）

シーザー

（占い師に）三月の 十五日 その日が来たぞ！

占い師

はい シーザー

でも未だ 過ぎ去って いませんよ

アーティミドラス

偉大なる シーザー この書面 お読みください

デシアス

トレボニアスの 請願書 ここにあります

お手隙の際 お読みください

アーティミドラス

私のものを どうか最初に

この訴状 シーザー個人に 深く係る 事柄ですぞ

是が非でも お読みください

シーザー

わしに係る ものならば 最後にしよう

アーティミドラス

その猶予など ありません 今すぐに 読むのです！

シーザー

何だって?! この男 気でも触れたか⁉

パブリアス

さあ そこをどけ！

キャシアス

おい 街頭で 直訴する気か⁉ 議事堂へ 持ってこい

（シーザーが一同を従えて 元老院に入る

議員たち 立ち上がる）

ポピリアス

君たちの 計画が 今日 見事 成功するの 祈ってる

キャシアス

何の計画？ ポピリアス

ポピリアス

ではここで…

ブルータス

　ポピリアスは 何と言ったか？

キャシアス

　我々の 計画が 成功するの 祈ると言った

　もうすでに バレたかも しれないぞ！

ブルータス

　シーザーに ポピリアス どんな態度で 近づくか

　よく見ろよ

キャシアス

　キャスカ 急げよ 阻止されるかも

　ブルータス どうしたらいい？

　もし事が 発覚したら キャシアスか シーザーの

　どちらかは 生きて戻れぬ 俺ならば 潔く 自刃する

ブルータス

　キャシアス 少し 落ち着けよ

　ポピリアス この計画は 話していない

　見てみろよ 笑ってる シーザーも 顔色一つ 変えてない

キャシアス

　トレボニアスは タイミング よく見計らい

　アントニーを 遠ざけている

　（アントニー トレボニアス 退場）

デシアス

　メテラス・シンバー どこにいる？

今すぐに 嘆願書 シーザーに 持っていかせる

ブルータス

　もうすでに 準備している そばに行き 手助けを！

シナ

　キャスカ 手を上げる 最初の者は 君だから

シーザー

　さあ用意 整ったのか？

　今ここで シーザーと 元老院が

　正さねば ならないような 不正はあるか？

メテラス

　最も高い 地位にあり

　権力 実力 兼ね備えたる シーザーよ

　メテラス・シンバー 心から

　あなたの前に ひれ伏して──（跪く）

シーザー

　それだけは やめてくれ シンバー

　跪き 低姿勢にて 凡人の プライドを 焚きつけて

　根本的で 基本的 法令を

　子供らの 遊びにおける 約束のよう

　勝手気ままに 変えることなど 許されぬ

　愚かな思い 抱いてならぬ

　シーザーに 愚かな者を 宥めたり

　本性を 逸脱させる 不安定な血

　流れていると 思うなら 大間違いだ

甘言を 並べ立て 恭順の意 示すため
深々と お辞儀をし さもしくて 媚びへつらった
態度見せるは 無駄なこと
おまえの兄は 法により 追放された
兄のためにと 腰を折り 願い じゃれつき 始めても
わしはおまえを 野良犬のよう 蹴り飛ばす
覚えておけよ シーザーは 理由なく 処罰はしない
分かったろうな

メテラス

俺よりも 立派な声を 持っていて
偉大なる シーザーの 耳元に
心地よく 響く音色で 俺の兄
追放の 赦免のために 願い出る者 いないのか?

ブルータス

シーザー その手に 口づけを
へつらうためでは ありません
パブリアス・シンバーの 追放処分 解くために…

シーザー

何だって?! ブルータス

キャシアス

赦免です シーザー どうか ご赦免を!
シーザーの 足元に 屈します
何とぞ パブリアス・シンバーの 市民権 回復を!

シーザー

もしわしが おまえ達なら 心動かす ことだろう
もしわしが 嘆願し 他人(ひと)の心を 動かせるなら
他人の嘆願 それを受け 心が動く かもしれぬ
だがわしは 微動だにせぬ 北極星だ
夜空にあって ただ一つ 不動の星だ
夜の空 無数の星で 飾られている
そのそれぞれが 火であって 一つひとつが 輝いている
しかしだな 不動の位置を 占めるのは ただ一つだけ
この世界でも 同じこと 無数の人が 生きている
誰しもが 肉体備え 理性ある
その数の中 不動の地位を 保つのは ただ一人
それがこのわし シーザーだ 例を挙げて みるならば
シンバーの 追放の件 わしは筋を 通したぞ
一貫し 今でもそれを 固持しておるぞ

シナ

ああ シーザー

シーザー

出て行け!
オリンパスの山 動かす気か?!

デシアス

偉大なる シーザー

シーザー

ブルータス 跪いても 無駄だったろう!

キャスカ

この手が返事 してやるぞ！
（キャスカが最初 続いて他の暗殺者たち
　最後にブルータスが刺す）

シーザー

ブルータス！ おまえもか?!
それなら これが 最期だ シーザーの …（死ぬ）

シナ

解放だ！ 自由だぞ！ 独裁政治 終わったぞ！
走り出て 街中に 触れ回れ！

キャシアス

手分けして 公共の 演壇に行き 大声で 叫ぶのだ！
「解放だ！ 自由だぞ！ 参政権の 復活だ！」と

ブルータス

市民の方々 元老院の 皆さま方
恐れることは ありません
逃げ出したりは しないでじっと 落ち着いて
野心の負債 支払われ もう正常に …

キャスカ

演壇に立て ブルータス

デシアス

キャシアスも

ブルータス

パブリアス どこにいる？

シナ

ここにいる この騒動で 呆然と しているが…

メテラス

結束しよう シーザーの 味方の者が ひょっとして
押し寄せて 来たならば…

ブルータス

防御の話 もう必要は ありません
パブリアス 落ち着いて！
ローマ市民も あなたにも 危害加える ことはない
ローマ市民に そう言って くださいね

キャシアス

どうかもう お引き取り 願います パブリアス
市民がドッと 押し寄せて
ご老体 怪我なされると 困ります

ブルータス

そうしてください この行為には 責任取るは
行為者だけです

（トレボニアス 登場）

キャシアス

アントニーは どこにいる？

トレボニアス

驚いて 自宅へと 逃げ込んだ
男や女 子供たち 目を見開いて

泣き喚き 駆け走り 世の終わり 来たかのようだ

ブルータス

運命よ 人間は おまえの意志を 知りたがる

人は死ぬ それはみんなが 知っている

でもそれが いつなのか 知るすべはない

その日を先に 延ばすのに 人は躍起に なっている

キャシアス

それだがな 二十年 命を縮めて やったなら

死を恐れてる 年月を 減らしてやると いうことだ

ブルータス

そうだとすると 死は恩恵と 考えられる

だから我らは シーザーの 親友となる

死を恐れてる 年月を 減らしてやった 功績で…

身を屈め ローマ人 身を屈め

シーザーの血に 肘まで両手 浸しつつ

我らの剣を 赤く染めよう

その後で 広場の中に 行進し

頭上には 血塗られた剣 振りかざし

一斉に 叫ぶのだ「平和！ 自由！ 解放！」と

キャシアス

跪き 手を浸すのだ これからの 長い年月

この高尚な 場面 何度も 何度も 繰り返し 演じられる

まだ生まれても いない国家で

まだ知られざる 言語によって

ブルータス

シーザーは 劇の中 何度 血を 流すだろうか？

今 ポンペイの 足元に 横たわり

塵と同種の ものになる

キャシアス

劇の上演 あるごとに 我ら同志は

祖国解放 その栄誉 与えられるぞ

デシアス

さあ 出かけよう

キャシアス

みんな揃って 行進だ ブルータス 先頭に

勇敢で 高潔な ローマ人の 手本となって

彼に続こう！

（召使い 登場）

ブルータス

ちょっと待て！ 誰か来る アントニー家の 使いの者だ

召使い

ブルータスさま 我が主人 マーク・アントニー

このように 跪くよう この私にと 命じられ

私はここに 平伏し 伝言を お伝えします

ブルータスは 高潔で 賢明で 勇敢で 正直である

シーザーは 強大で 大胆で 威厳があって

友愛の情 ある人だった

自分はいつも ブルータス 敬愛し 尊敬してる

自分は シーザーを 畏れ 敬い 敬愛してた

ブルータスが アントニーの 身の安全を 保証して

シーザーが 命落とした その理由

聞かせてもらう ことできるなら

アントニーは 死せるシーザー よりもまた

生きるブルータスを 敬愛し

高潔な ブルータスの 運命を 己のものと 考えて

誠心誠意 共に新たな 難局に 立ち向かう 所存であると

我が主人 アントニーが 申し上げて おりまする

ブルータス

おまえの主人 賢明で 勇敢な ローマ人

それ以下と 思ったことなど 一度たりとも ありはせぬ

こう伝えれば いいからな

喜んで この場所に お迎えし 納得がいく 説明をする

身の安全に 関しては 名誉に懸けて 保証する

召使い

今すぐに お呼びして 参ります（退場）

ブルータス

僕が思うに 彼は味方に するほうがいい

キャシアス

そうなれば いいのだが …

だが俺に 彼を恐れる 心配がある

俺の不安は 嫌なことだが いつも的中 するんだな

（アントニー 登場）

ブルータス
　ほら アントニーが やって来た
　よく来てくれた アントニー
アントニー
　ああ 偉大なる シーザー！ そんなに低く 横たわり …
　シーザーの 征服や 栄光 勝利 戦利品
　そのすべて 亡骸（なきがら）の中 圧縮なのか
　安らかに お眠りを！
　諸君らの 意図も知らない
　他の者の血 流されるのか 知らないし
　他に誰 腐敗してるか 知らないが
　それがもし 俺ならば シーザー最期
　これほどに 相応しいとき またとない
　さらにまた この世界にて 最も尊い 血によって
　染まった剣に 勝る武器など ないだろう
　お願いだ もし君たちが この俺を 憎むのならば
　今 この瞬間に 君たちの 血の色の手が
　血しぶきを 上げてる間 思う存分 やってくれ
　一千年も 生きようと 今ほども
　喜んで 死ねるときなど ないはずだ

死ぬ場所も シーザーのそば
この時代 支配する 選ばれた 君たちの手に
かかって死でも 迎えられれば…

ブルータス

アントニー！ 僕たちは 君の死を 求めはしない
僕たちは今 血みどろで 残酷と 見えるだろう
僕たちの手や 手が行った 行為 見て
でもそれは 僕たちの手と 血の所業 見たからで
僕たちの 心を見ては いないから
心には 憐れみが 満ち溢れてる
ローマ市民が 被る不正 それに対する 憐れみが——
火が火を消すと 言われるように——
シーザーへの 憐れみを 消し去ったのだ
アントニー 君に対して 僕たちの 剣先は
鉛のように 鈍くなる
僕らの腕は 非道な力 発揮する
でも 僕らの心 友愛の情 溢れてる
君のこと 敬愛の念 好意や敬愛 尊敬の念で 迎えよう

キャシアス

官職を 新しく 割り当てる際
君にある 発言力は 大きな力 持つだろう

ブルータス

恐怖で戦く 大衆を 鎮めに行かねば ならぬから
しばらく待って くれないか

その後で 理由詳しく 説明しよう
シーザーを刺す そのときでさえ まだシーザーを
敬愛してた それなのに なぜ殺害を したのかを …

アントニー

君にある 賢明さ それ固く 信じてる
一人ずつ 血に染まる その手しっかり 握らせてくれ
まずは マーカス・ブルータス 握手をしよう
次は カイアス・キャシアス 君の手を
さあ デシアス・ブルータス 君の手も
さあ 君も メテラス 君のも シナ
それに 勇敢な キャスカ 君の手も
最後になったが 友情は 最小 ではないからな
善良な トレボニアス
諸君 みんな ああ 何と 言えばいい …
俺の立場は 極めて 微妙 君たちの 俺の評価は
どちらにしても 悪いもの
卑怯者 そうでなければ へつらい野郎
シーザー あなたを深く 敬愛したの 偽りでない
もしも今 あなたの霊が 下界見下ろし
アントニーが あなたの血を 身に浴びた
あなたの敵と 和解しようと しているの
見られたならば ご自分の 死より激しく
嘆き悲しみ 味わわれるで ありましょう
偉大なる シーザー そのご遺体の 目の前で …

もし この私に あなたの傷の 数ほども 目があって
　　血が出るほどに 涙が溢れ 来るならば
　　あなたの敵と 友情を 結ぶより
　　はるかにそれは 納得がいく ものでしょう
　　許し給え ジュリアス！
　　勇敢な 雄鹿[16]のように 窮地にあなた 追いやられ
　　ここであなたは 倒された
　　そしてここには 狩人たちが 立っていて
　　あなたの体 餌食の印 レーテ[17]の川辺で 血に染まり
　　ああ 見ろよ 世界よ そこは 雄鹿棲む 森だった
　　そしてこの 雄鹿こそ 世界よ おまえ
　　おまえには すべての森の 根源だった
　　シーザーよ あなたはここに
　　王子たちに 殺された 雄鹿のように 横たわってる

キャシアス

　　マーク・アントニー！

アントニー

　　申しわけない カイアス・キャシアス
　　シーザーの 敵でさえ これぐらい 言うだろう
　　親友として こんなこと 控え目な 表現だ

キャシアス

16　原典 "hart" これは "heart" と同音異義語。
17　ギリシャ神話 黄泉（よみ）の 国にある忘却の川。その水を飲む
　　と過去のことを忘れる。

シーザーを 称えたことで 責めてはいない
我々と どんな合意が できるのか それが知りたい
我々の 仲間になるか？
それとも 君を 頼らずに やっていくのか?!

アントニー

もうすでに 君たちと 握手したでは なかったか?!
シーザーの 遺体を目にし 肝心なこと 忘れていたぞ
俺はもう 君らの仲間 君らみんなを 敬愛してる
それを信じて 教えてほしい
なぜ シーザーを 危険だと 見なしたのかを?!

ブルータス

そう見なさねば これなどは 残虐行為
理由には 充分な 正統性が あるからな
もし君が シーザーの 息子でも
これを聞くなら 納得するぞ

アントニー

それが求める すべてのことだ
でも もう一つ お願いできるか 分からぬが
俺の手で シーザーの ご遺体を 広場に運び
市民を前に 演壇に立ち 葬儀すべての 一環として
追悼の 言葉を少し 述べさせて もらえぬか？

ブルータス

いいだろう アントニー

キャシアス

ブルータス 一言 話が …

〈ブルータスに傍白〉

自分がしてる そのことが 分かっていない！

許しては ならないぞ

葬儀のときに アントニーが 話をすれば

彼の言葉で 市民の奴ら どれほど心

揺さ振られるか 知れたものじゃ ないからな

ブルータス

逆らって すまないが 最初に僕が 演壇に立ち

シーザーが 死すべき理由 語るつもりだ

アントニー 話す内容

我々が 許可するものに 限定し

正式な しきたりにより シーザーの葬儀

行われるよう すればいい

害になるより 我々の 役に立つはず

キャシアス

何が起こるか しらないぞ 気に入らないね この俺は

ブルータス

アントニー さあ シーザーの 遺体 ここから 運ぶのだ

弔辞の中で 我々を 非難すること 言ってはならぬ

シーザーを 称えることは 自由だが

それさえも 我々の 許容範囲の ことだけだ

葬儀に関し 君の手出しは 認められない

君の弔辞は 僕が行う 同じ演壇

それも僕 終わった後で やってくれ

アントニー

それで結構 それ以上など 望まない

ブルータス

それでは遺体 整えて 我らの後に ついて来てくれ

（アントニー以外 一同 退場）

アントニー

ああ どうか お許しください

血まみれの 一片の土と なられたシーザー

この私 あの虐殺者らの 面前で

意気地なく 従順で いることを

あなたこそ 時の流れに 生を受けた 人のうち

最も高貴な 人物の 亡骸である

かけがえのない 貴い血

あなたから 奪った者らに 呪いあれ！

物言えぬ 口のよう 赤い唇 パクッと開き

俺の口に 代弁し 語ってくれと 懇願してる

その傷口を 前にして 予言してやる！

人々の 体には 呪いがかかり

家庭内では 揉め事続き 外においては 内乱起こり

イタリア全土に 重石がかかる

流血と 破壊とが 日々あちこちで 頻発し

恐ろしい 光景が 常習化して

幼子が 戦争の 触手によって

八つ裂きに されるのを 見たとしても
母親は 微笑むだけと なるだろう
憐れみの 心根は 日々起こる 残虐行為で 枯れ果てる
シーザーの 復讐に 燃える亡霊
地獄から 出てきたばかりの アーテをそばに 控えさせ[18]
高らかに 王の声にて 全土に渡る 号令発し
「虐殺だ！」そう叫び 戦闘の 犬たちを 解き放つだろう
彼らの 為した この悪辣な 所業できっと
埋葬を 求めて呻く 死者らによって
この大地 悪臭で 埋め尽くされる ことになる

（召使い 登場）

確かおまえは オクテイヴィアス・シーザーに
仕えておるな

召使い

　その通りです アントニーさま

アントニー

　シーザーが オクテイヴィアスに
　ローマに来るよう 書いていた

召使い

───────────

18　ギリシャ神話 愚行や不和、破壊の女神。アーテは人間界に追放
　　されたために、その影響で人間は諍い、愚行を重ね、何事も破壊す
　　るようになった。

その手紙 受け こちらに向かって おられます
主人から 直々に こう申すよう 伝言が…
（遺体を見る）ああ 何と！ 偉大なる シーザーさまが…

アントニー

おまえの胸も 痛むだろう 人を避け 泣けばいい
悲しみは よく言われるが 移るもの
おまえの目に 溢れ来る 涙を見てる 俺の目も 濡れてきた
おまえの主人 もうすぐここに 来られるか？

召使い

今夜には ローマから 三十キロほど
離れた場所に お泊まりの 予定です

アントニー

急いで戻り この出来事の 報告を！
今ここは 悲しみ悼む ローマであって 危険なローマ
オクテイヴィアスには 安全と 言い難い
早く帰って そう告げるのだ
いや 少し待て この俺が 広場まで 遺体を運ぶ
しばらくは そこにいろ
人々が この俺の 弁舌で
虐殺者らの 悍ましい 所業について
どう考える ようになるのか 試してみよう
その様子 確かめて 状況を 若い主人に 伝えればいい
さあ 手を貸してくれ （二人は遺体を抱えて 退場）

第2場

ローマ　公共の広場

（ブルータス キャシアス 市民たち 登場）

市民たち

　どうしてなんだ⁉ わけを聞かせろ！

ブルータス

　では 諸君 私について 来てもらい

　話を聞いて いただこう

　キャシアス この人数を 二手に分ける

　君のほう あちらの通りに 行ってくれ

　私の話 聞きたい方は ここに残って

　キャシアスの 話なら 彼の後に 従って

　その場にて シーザーの死は

　市民のためで あったこと 説明しよう

市民1

　この俺は ブルータスの 話を聞こう

市民2

　俺はキャシアス 二人の理由 それぞれ聞いて

　後で比べて みようじゃないか

　（キャシアスと市民たちの一部 退場

　ブルータス 演壇に上がる）

ブルータス

　最後まで ご静聴 願いたい

　ローマ市民の 方々よ 同胞よ！

　ローマを愛する 人々よ！

　今から理由 しっかりと 伝えたい

　そのために お静かに 願いたい

　名誉にかけて 私の言葉 信じてほしい

　信じるために 私の名誉 尊重して もらいたい

　諸君の知恵に 基づいて 私を判断 してほしい

　その判断を してもらうため

　確たる理性 発揮して もらいたい

　もしここに シーザーの 親友の方 おられるのなら

　その方に 私は言おう

　ブルータスの シーザーへ 抱く心情

　その方に 決して劣る ことはない

　またその方が なぜブルータス

　シーザーに 立ち向かったか

　その理由 問われるのなら 私の返事 こうなのだ

　──シーザーを 疎かに したのではなく

　シーザー以上 ローマの市民 大切に 思ったからだ

　諸君は シーザー 生きていて

　市民のみんな 奴隷となって

　死んでいくのを 望まれるのか?!

　シーザーが死に すべての人が

自由に生きて いくことよりも?
シーザーは この私 大切に してくれた
だから私は 涙する
シーザーは 幸運だった だから私は それを喜ぶ
シーザーは 勇敢だった だから私は 彼を尊ぶ
だが シーザーに 野心があった
だから私は シーザーを 亡き者にした
シーザーの 情には涙
シーザーの 幸運に 喜びを
シーザーの 武勇には 名誉を与え
それ故に シーザーの 野心には 死を与えたのだ
ここにいる 方々で 奴隷の身にと
なりたい方は いるのだろうか?!
いるのなら そう言い給え!
その人に 私は罪を 犯したことに なるのです
ここにいる 方々で ローマ人では 嫌だなど
そんな野蛮な 考えを 持つ人は いるのだろうか?!
いるのなら そう言い給え!
その人に 私は罪を 犯したことに なるのです
ここにいる 方々で 祖国を愛さぬ 卑劣な人は
いるのだろうか?!
いるのなら そう言い給え!
その人に 私は罪を 犯したことに なるのです
その返事 しばらく待とう

市民全員

　いないぞ ブルータス 誰一人

ブルータス

　それならば 誰にも私 罪を犯して いないのだ

　シーザーに 私が為した ことなどは

　諸君が 将来 ブルータスに することと 同じこと

　シーザーの 死に関しては

　議事堂の 記録に確と 残してる

　シーザーの 受けるべき 栄誉のことは 正しく記され

　死を迎えねば ならなくなった 罪においても

　誇張されては いないから

　（シーザーの遺体と共に アントニー 登場）

　シーザーの 遺体はここに

　その死を悼む アントニーにより 運ばれてきた

　アントニーは シーザーの死に 関与はないが

　彼の死により 恩恵を 受けることにと なるだろう

　諸君にしても 同じこと

　最後に一言 付け加え それで話は 終わります

　良きローマ 続くため 私には 最も誇れる 人を殺めた

　ローマが もしも 私の死 求めるのなら

　シーザー刺した 同じ剣にて

　我が胸を 刺し抜くで ありましょう

市民全員

　死ぬな ブルータス！ 生きろよ！ 生きろ！

市民1

　勝利を掲げ 家まで送ろう

市民2

　ブルータスの 祖先と共に 彼の像 建てようぜ

市民3

　ブルータスを シーザーに すればいい

市民4

　ブルータスなら シーザーの 長所だけ

　王冠を 被ってる ことになる

市民1

　大声で 歓声を上げ 家まで送ろう

ブルータス

　同胞諸君──

市民2

　シィーッ！ 静かに！ ブルータス 話をするぞ

市民1

　静かにしろよ おい！

ブルータス

　善良な ローマ市民の 方々よ

　私は一人で 帰ります 私のために ここに残って

　アントニーの 傍らに いてください

　シーザーの 遺骸に対し 敬意を表し

シーザーの 徳を称える 彼の弔辞を
おごそかな 気持ちになって お聞きください
彼の弔辞は 我々が 許可したものだ
私を除き 誰一人 ここを去らずに
アントニーが 話すこと
最後まで お聞きください （退場）

市民1

おい ここにいて アントニーの 話を聞こう

市民3

演壇に 立ってもらって 聞こうじゃないか
さあ アントニー

アントニー

ブルータスのため 恩義を感じ 話させて いただこう
（演壇に上がる）

市民4

ブルータスのため 何を言うんだ？

市民3

ブルータスの ためになること
俺たちみんなに ありがたく 思ってるんだ

市民4

今ここで ブルータスの 悪口を 言えるわけない

市民1

あのシーザーは 独裁者 だったから

市民3

いやはやそれは 確かなことだ
あれを排除し ローマには 春が来た

市民2

静かに！ アントニーの 言うことを よく聞こう

アントニー

我が友人の ローマ市民の 方々よ
同胞諸君 ご静聴 お願いします
私がここに 来た理由
シーザーを 称えるためじゃ ありません
シーザーを 葬るために 来たのです
人が為す 邪悪なことは 死後でも残る
善行は 骨と一緒に 埋められる
シーザーも 同等に 扱おう
高潔な ブルータス
「シーザーに 野心があった」そう言った
そうならば それ嘆くべき 罪である
だからシーザー 嘆かわしくも その報い 受けたのだ
この場にて ブルータス その仲間らの 許し得て
——それと言うのも ブルータスは 高潔な人
だから 仲間も 高潔な人たちだ——
私はここに シーザーへ
追悼の 言葉を述べに やって来た
シーザーは 我が友であり 正義感あり 信頼おける 人物だ
だが ブルータス 言うことは

「シーザーに 野心があった」
ブルータスは 高潔な人
シーザーは 多くの捕虜を ローマへと 連れ戻り
身代金は 国庫へと 入ったな
シーザーに 野心があって したことか?
貧しい者が 涙したとき シーザーも 共に涙を 流された
野心とは 冷酷なもの だが ブルータス 言うことは
「シーザーに 野心があった」ブルータスは 高潔な人
ルパーカルの 祭日に みんなはきっと 見ただろう
私は三度 シーザーに 王冠を 捧げたぞ
シーザーは 三度とも それを拒否した これが野心か?!
だが ブルータス 言うことは
「シーザーに 野心があった」
ブルータスは どう見ても 高潔な人
私はここに ブルータスの 言うことを
否定するため 来たのではない
ただ 知ってることを 話すため ここにいる
諸君はみんな かつてシーザー 敬愛してた
しっかりとした 理由があった
それならば どんな理由が あるのだろうか?
シーザーの 追悼を ためらうのなら…
ああ 判断力よ 今おまえ
野獣の胸の 中にまで 逃げ込んだのか?!
それで市民は 理性など 失くしたか?!

申しわけない

私の心 シーザーと共に 棺の中に あるのです

心がここに 戻るまで この先の話など 続けられない

市民1

アントニーの 話には

しっかりとした 理由づけ あるようだ

市民2

この事件 よく考えりゃ シーザーは

ひどい目に あったってこと …

市民3

そうならば シーザーの後 ひどい奴 現れるかも

市民4

今の言葉を 聞いてたか？ シーザーは 王冠を 拒絶した

野心など なかったことは 明らかだ

市民1

事の内実 判明すれば 裁かれる者 出てくるだろう

市民2

かわいそうに …アントニー 目を泣きはらし 真っ赤だぜ

市民3

ローマには アントニーほど 高潔な人 いないだろうよ

市民4

見てみろよ また 話 続けるようだ

アントニー

昨日なら シーザーの 一言は この世界 震撼させた

彼は今 そこに静かに 横たわり

極貧の 者でさえ 彼に敬意を 払わない

ああ 皆さまに伝えたいのは もし この私 皆さまの 心動かし

叛逆 暴挙に 打って出るよう 唆す 下心 あるのなら

ブルータス 裏切って キャシアスも

裏切ることに なるのです

ご存知のよう この二人 高潔な人 二人への 裏切りはない

裏切るのなら 死者に 私に

それに加えて あなた方に 対してだ

高潔な 人たちを 裏切ることは 絶対にない

だが シーザーの 印が押された 文書があるぞ

彼の私室で 見つけたものだ 残された 遺言状だ

諸君がもしも この遺書を 聞かれたら――

読むつもり ないのに言って 申しわけない――

諸君はきっと 死せるシーザー その傷口に

駆け寄って 口づけをし 神聖な血で

それぞれの ハンカチを 染めるだろう

さらにまた シーザーの 髪の毛一本 もらい受け

死に際に 遺言状に 書き記し 大切な 遺産とし

代々それを 受け継がす ことだろう

市民 4

遺言状を 聞かせてほしい 読んでくれ アントニー

市民全員

遺言状！ 遺言状！ シーザーの遺言状が 聞きたいぞ！

アントニー

我慢してくれ 我が友よ 読むべきで ないからだ
シーザーが あなた方 どんなに大事に 思っていたか
知らせるの 良くないことか 分からない
あなた方 石でないなら 木でもない あなた方 人間だ
人であるから シーザーの 遺言聞けば
激怒はするし 狂気にも なるだろう
あなた方 シーザーの 遺産相続 する人だ
そんなことなど 知らないほうが 救われる
知ったなら どうなることか！

市民1

遺言状を 読んでくれ！ それが聞きたい アントニー！
読んでくれ 遺言状だ シーザーの 遺言状だ！

アントニー

我慢できぬか？ 少しの間 待ってくれ
このことを 言ってしまって やり過ぎたかも しれぬから
高潔な 人たちの剣 シーザーを 刺したのだ
その人たちを 裏切ることに ならないか 怖いのだ
本当に 恐れてる

市民4

奴らはただの 叛逆者！ 高潔じゃない！

市民全員

遺言状を！ 神様に 対しての 契約書！

市民2

奴ら悪党 暗殺者だぞ!

遺言状を! 遺言状を 読んでくれ!

アントニー

では どうしても 読めと言うのか?

仕方ない シーザーの 遺体を囲み 輪になって!

遺言を 作った彼を 見せたいからだ

演壇を 降りてもいいか? 許可してくれる?

市民全員

降りてくれ!

市民 2

降りるのだ!

市民 3

許可は 出すから! (アントニー 演壇から降りる)

市民 4

輪になって ぐるっと 周りを 囲むんだ

市民 1

棺には 近寄るな 遺体から 離れろよ

市民 2

アントニーに 道 開けろ 高潔な アントニー

アントニー

そんなに俺を 押さないでくれ

もう少し 離れてほしい

数人の市民

後ろへ下がれ! 空間を 作るんだ! 押し返せ!

アントニー

　涙があれば 今こそ それを 流す準備を すればいい

　みんな この マントには 見覚えが あるだろう

　シーザーが 初めてこれを 着たときのこと よく覚えてる

　ネルヴィー族を 征服した日[19]

　夏の夕方 テントの中で 着たものだ[20]

　見ろ この箇所を キャシアスの剣 突き抜けた

　見るがいい 敵意に満ちた キャスカ作った 引き裂き傷を

　あれほども 信頼された ブルータス

　彼が刺したの この箇所だ

　そして その 刃がグッと 引き抜かれたら

　シーザーの血が ここぞとばかり 溢れ出た

　あたかもドアから 走り出て 激しくノック した者は

　本当に ブルータスか そうでないかを

　確かめようと するかのように

　ご存知のよう ブルータスは シーザーの お気に入り

　ああ 神々よ シーザーが どれほど高く

　ブルータス 評価してたか ご判断 いただきたい

　これこそが 他のどれよりも 残忍な 刺し傷だった

　気高いシーザー ブルータスが 刺そうとするの 見た途端

　叛逆者らの 悪辣(あくらつ)な 腕にも勝る その忘恩で

19　フランス、ベルギーの国境辺りに住んでいたケルト民族。

20　アントニーはこの戦には参戦していない。でっち上げの描写で、
　シーザーと親密であったことを誇示している。

シーザーは 完膚なきまで 打ちのめされて

屈強な 彼の胸も 押し潰されて マントで顔を 覆い隠して

ポンペイの 足元に 倒れ込み その場所で 血を流しつつ

偉大なる シーザーは 事切れたのだ

ああ 何という 死に方だろう 同胞諸君！

私も みんなも 倒された

その一方で 血の叛逆が 我々を 蹂躙してる

ああ 今みんな 涙流して くれている

憐れみの 気持ち 起こして くれている

その涙 神の涙だ 心優しい 人たちよ

シーザーの 衣服に傷が ついたのを見て 涙する？

これを見よ！ これがその人

叛逆者らに 切り刻まれた シーザーだ！

市民1

ああ 痛ましい お姿だ！

市民2

ああ 気高い シーザー！

市民3

痛ましい日だ！

市民4

おお 叛逆者！ 悪党め！

市民1

惨憺たる 光景だ！

市民2

復讐だ！

市民全員

復讐だ！ 攻撃だ！ 捜し出せ！ 焼き討ちだ！

火をつけろ！ 殺してしまえ！ 虐殺だ！

叛逆者 一人残らず 血祭りに 上げてやる！

アントニー

待ってくれ 同胞諸君

市民1

みんな静かに！ 高潔な アントニーの 話を聞こう

市民2

話を聞いて 付き従って 生死を彼と 共にしよう

アントニー

善良な友 優しい友よ 私によって 激昂し

突発的な 暴動を 起こしたり しないでほしい

こんなこと 実行したの 高潔な人たちだ

彼らにそれを させてしまった 個人的 心痛は

私には 分からない

彼らみんなは 賢明で 高潔だ

もっともな 理由をつけて きっと釈明 するだろう

諸君の心 盗もうと ここに来たんじゃ ないからな

ブルータスは 雄弁だ 私ときたら 口下手だ

ご存知のよう 友人を 大切にする ありふれた 無粋な男

彼らはそれを 知っていたから

シーザーのこと 私が語るの 許可してくれた

112

私には 人の心を 湧き立たす
知性や言葉 価値 身振り 発声法や 説得力は 何もない
できるのは ただ率直に 語るだけ
諸君がすでに 知っていること 語るだけ
シーザーの 語らぬ傷口 指し示し
傷口に 私の代わりに 語るよう 命ずるだけだ
もしこの私 ブルータスで ブルータスが アントニーなら
彼は諸君の 気力新たに 奮起させ
傷口の 一つひとつに 舌を与えて 語らせて
ローマの石も 暴動に 駆り立てるはず

市民全員

暴動を起こすのだ!

市民 1

ブルータスの家 焼き討ちだ!

市民 3

さあ やろう! 叛逆人を 捜し出せ!

アントニー

いや 聞いてくれ 同胞諸君 私の話 聞いてくれ

市民全員

静かに おい! アントニーの 話を聞こう
気品ある アントニーだ

アントニー

なあ 同胞よ
やみくもに みんなは行動 しようとしてる

どういう理由で シーザーは

　　諸君の情を 受けるのに 相応しい（ふさわ）のか？

　　残念だ 諸君は知らない だから言う

　　諸君はなぜか 先ほどの 遺言状を 忘れてる

市民全員

　　その通り！ 遺言状だ

　　少し留まり 遺言を 聞かせてもらう

アントニー

　　シーザーの 印が押された 遺言状が ここにある

　　ローマ市民の すべての者に 与えると

　　一人ひとりの ローマ人にだ

　　七十五 ドラクマを[21] 遺産とし 与えると

市民2

　　気高いシーザー！ シーザーの死に 復讐だ！

市民3

　　ああ ご立派な シーザーさまだ！

アントニー

　　もう少し 聞いてくれ

市民全員

　　静かに聞こう

アントニー

21　古代ギリシャやヘレニズム世界で用いられていた通貨の単位。近代に復活し、ユーロ導入まではギリシャの通貨であった。当時の七十五ドラクマは相当な額だったようである。

それに加えて シーザーの 荘園の 散歩道

個人使用の 休息所

タイバー川の 川岸の こちら側

新たに花を 植えたばかりの 庭園も

そのすべて 諸君と子孫 全員の 楽園として

散策自由 くつろぎの場と 遺(のこ)してる

こんな人 もう二度と 現れは しないのだ

市民 1

もう二度と 現れたりは するものか！

さあ行くぞ！ シーザーの 亡骸(なきがら)を 火葬にし

その燃え木持ち 叛逆者らの 家々を 焼き討ちだ！

亡骸を 担ぎ上げよう

市民 2

火を持って来い！

市民 3

ベンチを壊せ！

市民 4

椅子 窓枠も みんな皆 壊してしまえ

（遺体を担ぎ 市民たち 退場）

アントニー

さあ 後は 成りゆきに 任せることに …

破壊という名の 魔物が一人 勝手気ままに 歩き出したぞ

（召使い 登場）

どうかしたのか？

召使い

オクテイヴィアスさま もうすでに ローマにと

ご到着 されました

アントニー

どこにいるのだ？

召使い

レピダスさまと ご一緒に シーザー邸に おられます

アントニー

それなら俺は 今すぐそこに 会いに行く

ちょうどいいとき 来てくれた

幸運の 女神がすでに 微笑んでいる

この様子なら お恵みは 溢れ来る

召使い

「ブルータスと キャシアスは 狂人のよう

馬を飛ばして ローマの門から 逃げ去った」と

主人が申して おりました

アントニー

奴らは 俺が煽った市民 その動き

早々と 察知したのだ

オクテイヴィアスの 所へと さあ急ごう　（退場）

第3場

ローマ　路上

（詩人のシナ 続いて市民 登場）

詩人のシナ
　　シーザーと 一緒に食事 する夢を 昨夜見た
　　何となく 不吉な予感 してくるな
　　外出する気 ないのだが
　　どうしてか 足が勝手に 外に出る
市民1
　　おまえの名前 何という？
市民2
　　どこへ行くんだ？
市民3
　　家はどこ？
市民4
　　結婚してる？ 独り身か？
市民2
　　質問に しっかりと 答えろよ 一つひとつに
市民1
　　手短にだぞ
市民4

間違いなくな

市民3

正直にだぞ ごまかすな

詩人のシナ

名前は何か？ 行く所？ 住所とか？ 妻帯者？ 独身か？
いいだろう 全部まとめて
直接に 簡潔に 賢明に 誠実に 答えよう
賢明に 言うならば 独身だ

市民2

妻帯者らは 馬鹿と言うのか?!
殴られるのは 覚悟の上か！ この野郎！
では直接に 言ってみろ

詩人のシナ

直接に シーザーの 葬儀に向かう

市民1

味方としてか 敵なのか？

詩人のシナ

味方としてだ

市民2

このことは 直接に 答えたようだ

市民4

家 どこなんだ？ 手短に

詩人のシナ

簡潔に 言うのなら 議事堂の すぐそばだ

市民3

名前は何か 正直に言え

詩人のシナ

正直に 答えるならば 名前はシナだ

市民1

八つ裂きに してやろう この野郎 謀叛人だぞ

詩人のシナ

わしは詩人の シナなんだ 詩人のシナだ

市民4

ヘボ詩人 八つ裂きだ 下手な詩を 書くからな

バラード風に バラバラに してやろう

詩人のシナ

謀叛人 シナではないぞ

市民4

そんなことなど どうでもいいぞ 名前がシナだ

この男 その心臓から ゲスな名前を 抉り出し

放り出したら 名前は消える

市民3

八つ裂きだ！ 八つ裂きだ！

おい 燃えさしを 持ってこい！ 松明だ！

ブルータスと キャシアスの家 焼き払え！

おまえらは デシアスの家 おまえらは キャスカの家へ

おまえらは リゲリアスのだ さあ 行こう！

(詩人のシナの死体を引きずり 退場)

第4幕

ローマ　とある館

（アントニー オクテイヴィアス レピダスが
テーブルに対座している）

アントニー
　この者たちは 死刑だな
　名前には 印を入れて おいたから
オクテイヴィアス
　あなたの兄も そのうちの 一人には 加えるぞ…
　いいな レピダス
レピダス
　いいのは いいが…
オクテイヴィアス
　アントニー 印を入れろ
レピダス
　条件がある パブリアスも 死刑だぞ
　アントニー 君の甥だが いいんだな

アントニー

　いいだろう 見ろ この印 これで すんなり 地獄行き

　レピダス では シーザーの 館に行って²²

　遺言状を 持ってきて くれないか?

　市民への 遺言の額 どうしたら 減らせるか 協議しよう

レピダス

　では 君たちは ここにいるのか?

オクテイヴィアス

　ここか あるいは 議事堂だ　　(レピダス 退場)

アントニー

　無能で 価値のない 男だな 使い走りが 関の山

　世界を三つに 分割し

　あんな男に 1/3 与えるなんて 愚の骨頂だ

オクテイヴィアス

　もとはあなたが 考えたこと

　追放処分 死刑など 決めるのも 彼の意見を 聞いていた

アントニー

　年の功だ オクテイヴィアス

　あの男に 栄誉を与えて おいたのは

　我々に 向けられる 中傷を 肩代わり させるため

　金塊を 背負って歩く ロバのよう

22　実際には一年以上の年月が経過している。この劇では、群衆が暴
　徒と化した直後になっている。シェイクスピアはオクテイヴィアス
　がシーザー邸にいるのをうっかり忘れていた?

栄誉の肩書き 運ばせてれば それでいい

俺たちの 指定した 場所にまで

荷の重さには 呻き声上げ

汗をかき 荷を運ばせて 荷を下ろしたら 追い立てる

空荷のロバは 空の頭で 耳を振り

荒地で 草を 食えばいい

オクテイヴィアス

あなたは彼を 好き放題に 扱えばいい

だが彼は 戦に長けた 勇敢な 兵だ

アントニー

俺の馬も 兵だ オクテイヴィアス

だから奴には たんまり馬草 与えてる

俺は馬には 戦闘法や 方向転換 静止の仕方

疾走法など 教え込んだ 今 その動き 俺の意のまま

ある意味で レピダスに 同じこと してるんだ

奴には 教え 鍛えて 号令かける 主体性など 何もない

流行遅れで 他人が飽きて 値が落ちた

珍奇な品や 芸術品や イミテーションを 手に入れて

流行の 先端を 行った気でいる

奴などは ただの道具と 思えばよいぞ

ところでな オクテイヴィアス 大事な話 あるんだが――

キャシアスと ブルータス 兵を召集 しているぞ

我々も 軍を起こして 友軍を 結集し

軍資金 調達せねば ならぬから

すぐさま会議 行って どのように 陰謀を 摘発するか

どうすれば 危険にうまく 対処できるか 話し合おう

オクテイヴィアス

それがいい 我々は 今「熊いじめ」の 熊同様に

多くの敵に 取り囲まれて 吠え立てられて いるからな

顔に笑み 浮かべてる 者たちも 心の底で

どんな企み もくろんでるか 知れたものでは ないからな

（二人 退場）

サーディス[23]近くの陣営　ブルータスのテントの前

（[太鼓の音] ルシリアス ピンダラス 兵士たち 登場

ブルータスのテントから ブルータス ルシャス 登場）

ブルータス

止まれ おい！

ルシリアス

命令の 伝達だ おい 止まれ！

ブルータス

ルシリアス 現在の 状況は？ 近くまで

23　小アジア、リディアの主要都市。

キャシアスすでに 来ているか?

ルシリアス

もうすぐそこに

ピンダラスから 主人の挨拶 伝えたい 様子です

ブルータス

それは何より ありがたい

ピンダラス おまえの主人 私に対し 気が変わったか

部下のせいかは しらないが

しないでと 思うこと してしまうこと 多くある

僕はそれ 懸念している でもすぐそばに いるのなら

納得できる 話となろう

ピンダラス

高潔な 我が主人 今まで通り

信用や 敬意など 勝ち得ることと 信じています

ブルータス

疑う気持ち さらさらないぞ

〈ルシリアスに傍白〉一言聞くぞ

彼は君を どのように 迎えたか? 心の準備 したいのだ

ルシリアス

充分な礼 尽されて 敬意を持って 迎えられ

そこは同じで あったのですが 以前にあった 親しさや

打ち解けた 気軽な 話しぶりでは なかったのです

ブルータス

熱い友情 冷めた様子が よく見て取れる

　ルシリアス 君もしっかり 覚えておけよ

　愛が病み 腐り出したら 表面だけの 礼儀で覆う

　率直で 誠意ある 友情に ごまかしはない

　誠意ない 男など 身近では 威勢よく

　堂々とした 気性のように 見える馬

　戦場で 激烈な 拍車など 受けたなら

　項（うなじ）を垂れて 尻ごみをして

　実戦で へたり込む 狡猾な 駄馬のよう

　彼の軍勢 来てるのか？　　（奥で行進の かすかな音）

ルシリアス

　今夜には サーディスで 宿営と 聞いてます

　主力部隊の 騎兵らが キャシアスと共に 来た模様です

（キャシアスと兵士たち 登場）

ブルータス

　音が聞こえる キャシアスたちが 来たようだ

　穏やかに 行進し 出迎える

キャシアス

　おい 止まれ！

ブルータス

　おい 止まれ！ 命令の伝達を！

兵士 1

　止まれ！

兵士2

　止まれ！

兵士3

　止まれ！

キャシアス

　高潔な ブルータス 君は俺に 不当なことを しているぞ

ブルータス

　ああ 神々よ！ 敵にさえ

　不当な扱い したことが あると言うのか？

　そうでないなら 兄弟に

　どうしてそんな 扱いしたり するだろう⁉

キャシアス

　ブルータス 真面目くさった その顔が 悪意を隠す

　君がその顔 するときは——

ブルータス

　キャシアス 落ち着けよ

　不満あっても 穏やかに 言うがいい

　僕には君が よく分かってる

　ここにいる 我らの部隊 その前で

　口論するのは 良くないぞ

　信頼し合う そのところ 示さねば ならぬから

　彼らみんなを 下がらせた後

　僕のテントで 君の不満の 原因を ぶちまけるがいい

　しっかりと 聞くからな

キャシアス

　ピンダラス 隊長たちに 命令し

　それぞれの 部隊ここから 下がらせてくれ

ブルータス

　ルシリアス 我らのほうも 同じよう 取り計らって

　我らの話 終わるまで このテントには

　誰一人 近づけたりは してならぬ

　ティティニアス ルシリアスらに 入口を 守らせろ

　（一同 退場）

第３場

ブルータスのテントの中

（ブルータス キャシアス 登場）

キャシアス

　不当なことを 君がした その例を 挙げるなら

　ルシアス・ペラの 罪を君 責め立てて 彼を罰した

　サーディニア人から 賄賂を取った 件のこと

　俺と彼とは 懇意の仲だ だから俺 嘆願の 手紙を書いた

　だが君は それを全く 無視したな

ブルータス

　こんなとき 嘆願書 書くなどは 正気の沙汰と 思えない

キャシアス

こんなとき だからこそ 些細な罪を
咎め立てたり してならぬ

ブルータス

では ここで 言わせてもらう
キャシアス 君に対して 非難の声が 上がってる
金をもらって 官職を 不適格者に 与えていると…

キャシアス

金をもらって⁉
それを言うのが ブルータスだと 知ってのことか！
さもなくば 誓って言おう 今の言葉が
この世にて 最後の言葉に なるだろう

ブルータス

キャシアスの名で この腐敗 大手を振って 世を渡り
懲罰が こそこそと 隠れてしまう

キャシアス

懲罰だって！

ブルータス

忘れるな！
三月を！ 三月十五日を！ 思い出すのだ！
シーザーが 血を流したの 正義のためで なかったか！
シーザーを 刺した我らの 仲間のうちで
正義のためで ないという者 一人でも いると言うのか⁉
この世界にて 最も偉大な 人物を

盗賊行為 許した廉(かど)で 殺しておいて
その者が 下劣にも 収賄で 手を汚し
大いなる 栄誉に泥を 塗りたくる
それでもいいと 思ってるのか！
そのような ローマ人にと なり下がるなら
月にさえ 吠えかかる 犬にでも なりたいほどだ

キャシアス

ブルータス もうそれ以上
侮辱して この俺を 苦しめるなよ 我慢ができん
他人(ひと)のことには 口出しするな
俺は軍人 君よりも 経験豊富 戦時には 能力を 発揮する

ブルータス

やめ給え！ それはない キャシアス

キャシアス

それはある！

ブルータス

絶対にない！

キャシアス

これ以上 挑発するな 我慢の限度 超えている
命惜しけりゃ もうやめろ！

ブルータス

出て行き給え 小心者め！

キャシアス

どういうことだ?!

ブルータス

　これから僕が 言うことを 聞いてくれ

　君が 憤慨 したならば それ 避けるため 譲歩する

　狂人の目で 睨（にら）むとき 怯えなければ ならぬのか？

キャシアス

　おお 神よ！ こんなことまで 言われても

　我慢せねば ならぬのか?!

ブルータス

　こんなことまで？ まだまだあるぞ

　心臓が 張り裂けるまで 怒ればいいぞ

　どれほど自分 癇癪（かんしゃく）持ちか 奴隷らに 見せつけて

　震え上がらせ 面白がれば いいことだ

　君の短気な 性格に 僕まで 怯（ひる）み

　機嫌伺い 平伏すと 思うのか?!

　自分から出た 毒を吸い 毒気にやられ 苦しめばいい

　今日という この日から 君が毒づき 始めても

　僕は君など 笑いの種に してやるぞ

キャシアス

　そこまで言うか!?

ブルータス

　軍人として 僕よりも 優れていると 言ったよな

　そういうことに しておこう

　身をもって 示してくれれば それでいい

　偉大な人に 教え乞うのは 有り難い ことだから

130

キャシアス

　すべてのことを 悪く取る 何を言っても！
　「経験豊富」そう言っただけ
　「優れている」と 言ってはいない
　「優れている」と 言ったと言うか?!

ブルータス

　言ったとしても どうでもいいぞ

キャシアス

　生前の シーザーでさえ これほどまでに
　俺の怒りの 原因を 作ったり しなかった

ブルータス

　何を言う もうやめろ！
　シーザーに あえて挑(いど)みは しなかっただけ

キャシアス

　何だって?! 俺に勇気が なかったと !?

ブルータス

　なかったね

キャシアス

　挑む勇気が なかったと！

ブルータス

　断じて言うが なかったぞ

キャシアス

　友情に 甘えるな 後で後悔 することになる

ブルータス

後悔すべき こと もうすでに してしまったぞ
キャシアス どんなに僕を 脅そうと 恐れはしない
誠実という 固い鎧（よろい）で 身を守ってる
そんな言葉は つまらぬ風だ 耳元を 通りゆく
気にも留めない
不正手段で 金など僕は 貯めることなど できない男
神に誓って 貧しい農夫の 過酷な仕事で 得た金を
汚い手段で 絞り取るより この僕の 心臓を 鋳直（いなお）して
血の滴（しずく）にて 貨幣に変える 気構えだ
だが 先日に 何がしかの金 都合をつけて もらおうと
使いを出したが すげなく君は 断った
兵士のための 給料を 払うのに 財政が 逼迫（ひっぱく）してた
それ 僕が知る キャシアスの することか?!
僕が君なら あんな返事を したと思うか?
もしブルータス 金に執着 するあまり
親友の 頼みを無下（むげ）に 拒否するのなら
ああ 神よ 雷電の 一撃を 我に与えて
粉々に 打ち砕け

キャシアス

俺は拒否など しておらん

ブルータス

いや 断った

キャシアス

断ってない! 俺の返事を 伝えた者が

頭が抜けて いたのだろう
ブルータス 俺の心を 引き裂いた 友というのは
友の落ち度に 目を瞑る 者ではないか？
君のすること 俺の欠点 事実以上に 誇張する

ブルータス

誇張など していない
僕に対して 欠点を 見せつけないと
約束すれば 僕も約束 してもいい

キャシアス

君は俺には もう 友情はない

ブルータス

君の欠点 どうしても 好きになれない

キャシアス

親友の目に そんな欠点 見えないものだ

ブルータス

欠点が オリンポスほど 巨大な山で あったとしても
ゴマ擂る奴に 見えはしないな

キャシアス

来るがいい アントニー 若僧の オクテイヴィアス
復讐するは キャシアス一人
俺はもう 生きるのが 嫌になった
敬愛してる 人からは 憎まれて
兄にも当たる 人からは 避けられて
奴隷のように 叱責される

欠点は 網羅され ノートには 書き記されて

暗記され 罵倒されるし

ああ 俺は 涙を流し 涙によって 魂が 流れてほしい

ここには俺の 短剣がある

ここには俺の はだけた胸が 胸の中には 心臓がある

プルートの 宝庫より 貴くて 黄金より 高価なものだ

もし 君が ローマ人なら 抉り出せ

君に金貨を 断った この俺が 俺の心臓 くれてやる

シーザーを 刺したようにと 俺を刺せ

分かったぞ シーザーを 最も憎んだ ときでさえ

この俺よりも 君はシーザー 大切に 思ってたんだ

ブルータス

剣を収めろ 怒りたければ 怒るがいい

憤りには 自由を与え やりたいことを やればいい

不名誉なこと 気まぐれと 受け取ろう

なあ キャシアス 子羊と君 似ているな

腹を立てても 火打石 出す 火花と同じ

すぐに消え 冷めていく

キャシアス

キャシアスが 今日まで生きた その証

ブルータスの 慰み 笑い そのためだった?

これほども 自分の中で 悲しみや

――――――――――
24 ローマ神話 プルートは冥界を司る神。シェイクスピアはギリ
 シャ神話の、富と豊穣の神である「プルートス」と混同したのか?

　怒りの気持ちで 苦悩したのに …

ブルータス

　そう言ったのは 僕も怒りの 気持ちに負けて

　我を忘れて いたからだ

キャシアス

　そう言って くれるのか … 君の手を！

ブルータス

　僕の心も 君のもの！

キャシアス

　ああ ブルータス！

ブルータス

　どうかしたのか？

キャシアス

　俺のこと 我慢して くれるほど まだ友情が あるのかい？

　母親の血が 俺の体に 濃く入り込み

　我を忘れて すぐ怒り出す この性格を …

ブルータス

　あるとも キャシアス

　これからは 君がこの僕 ブルータスに

　怒り狂って いるときは 君の母上 僕のこと 叱ってるのだ

　そう思い 聞くことにする

（別の詩人 続いてルシリアス ティティニアス ルシャス 登場）

別の詩人

両将軍に お会いしないと

お二人の 間には 何か諍い あるようだ

お二人だけに しておくの 良くないことだ

ルシリアス

お二人に 会わすわけには いかないぞ

別の詩人

殺されようと 会いに行く

キャシアス

おい どうかしたのか？

別の詩人

恥ずべきですよ ご両人 どういうことか 知らないが

お二人の 取るべき態度 信頼し合い 友情を 示すべき

年長者の 言うことに 少しは耳を 傾けて …

キャシアス

ハハハ 下手な詩だ しっかり韻が 踏めてない

ブルータス

出て行き給え 無礼だぞ ここを立ち去れ

キャシアス

許してやれよ ブルータス これが得意の 流儀だからな

ブルータス

時と場所 わきまえるなら 許しもしよう

この戦争に 愚かな詩人 何か用でも あるのかい？

さあ君は すぐにここから 出て行きなさい

キャシアス

さあ さあ 早く 出て行けよ！ （詩人 退場）

ブルータス

ルシリアス ティティニアス 隊長に命令し

それぞれの 部隊には 宿営準備 させてくれ

キャシアス

その後で メサラを 連れて

君ら二人も すぐにここに 来てくれ給え

（ルシリアス ティティニアス 退場）

ブルータス

ルシャス ワインを （ルシャス 退場）

キャシアス

君があれほど 激怒するなど 思っても みなかった

ブルータス

ああ キャシアス 僕は悲痛に 押し潰されて 息もできない

キャシアス

不幸なことに 見舞われて 耐えられぬなら

君の哲学 何かの役に 立つのかい？

ブルータス

僕ほども 悲しみに 耐えている者 いないだろう

ポーシャが 死んだ

キャシアス

何だって！ 君のポーシャが?!

ブルータス

死んでしまった

キャシアス

俺があんなに 怒らせたとき
よくもまあ 殺されずに 済んだものだな
胸を打つほど 耐え難い 不幸だな どんな病で？

ブルータス

留守の寂しさ オクテイヴィアス アントニーらの
軍の勢力 増大したの 悲しんで
召使いらの いない間に 火を飲み込んだ
軍の情報 入手したとき その訃報 伝えられた

キャシアス

火を飲んだ？

ブルータス

そうなのだ

キャシアス

ああ 永遠の 神々よ！

（ワインとロウソクを持ち ルシャス 登場）

ブルータス

ポーシャのことは もう言わないでくれ
さあ ワインをここに キャシアス この中に 君に与えた
僕の不義理の そのすべて 消し去るぞ

キャシアス

　　俺の心は その友情の 誓いに渇き 飢えていた
　　注いでくれ ルシャス なみなみと 溢れんばかり
　　ブルータスの 友情ならば
　　いくら飲んでも 飲み過ぎはない

ブルータス

　　入れ ティティニアス　（ルシャス 退場）

（ルシリアス ティティニアス メサラ 登場）

　　メサラ よく来てくれた このロウソクの 近くに座り
　　緊急に 為すべきことを 協議する

キャシアス

　　あのポーシャ 亡くなられたか…

ブルータス

　　頼むから もうその話 よしてくれ
　　メサラ 報告書 読んだなら
　　オクテイヴィアスと アントニー
　　大軍を 従えて 攻め寄せて来る
　　遠征隊は フィリパイ[25]に向け 進軍中と

メサラ

　　同様の 報告書 私にも 届いています

ブルータス

───────────────
25　エーゲ海最北端に位置する古代都市。

付け足すことは 何かあるのか？

メサラ

死刑宣告 市民権 剥奪ですね

オクテイヴィアス アントニー レピダスの 三人は

百名の 元老院の 議員らを 処刑したと 記されてます

ブルータス

その点で お互いの 報告書 異なっている

僕のものでは 処刑の数は 七十人と なっていて

シセロもそれに 入ってる

キャシアス

シセロもか

メサラ

シセロさえ 死にました 死刑執行 されましたので

奥さまからは お便りは？

ブルータス

いや 何もない

メサラ

報告書には 何も書かれて いなかったのです？

ブルータス

何も書かれて いなかった

メサラ

それは奇妙な ことですね

ブルータス

どうしてだ？ そちらのほうには

何が書かれて いるのだい?

メサラ

　いえ別に

ブルータス

　いや ローマ人なら 正直に 言ってくれ

メサラ

　それならば ローマ人の 誇りを持って

　私の告げる 真実に 耐えてください

　奥さまは 間違いなく お亡くなりに なりました

　変死です

ブルータス

　そうだったのか さようなら ポーシャ

　メサラ 人というもの 死なねばならぬ

　妻もいつかは 死なねばならぬ そう思うなら 耐えられる

メサラ

　偉大なる 人物は 大きな不幸に 耐えないと いけませんね

キャシアス

　理論上 俺にも同じ 不屈の精神 あるのだが

　自然の情では そう簡単に 耐えられぬ

ブルータス

　さあ 生きているから 仕事にかかる

　今すぐに フィリパイへ 進軍しては どうだろう

キャシアス

　賛成は できないな

ブルータス

　どうしてだ？

キャシアス

　理由はこうだ 敵に我らを 捜させるのが 得策と 思うのだ

　そうすれば 敵は物資を 消耗し 兵士らは 疲弊する

　自らを 弱体させて いくはずだ

　それに対して 我々は 待機して 充分に 休息を取る

　そうすれば 敏速に 行動できる

ブルータス

　もっともな 理由だが 僕が出す

　より良い策に 勝てないな

　フィリパイと この地の間の 住人は

　やむを得ず 表面的に 好意見せるが

　喜んで 徴用に 応じる姿 見られない

　敵がその地を 進軍すれば 兵力は 徴用により 増強されて

　英気 得て 攻め寄せて くるだろう

　その利点 敵から奪う そのために

　こちらから フィリパイに 撃って出て

　住民を 我らの背後に 置くほうがよい

キャシアス

　俺の話も 聞いてくれ ブルータス

ブルータス

　まだ もう少し 待ってくれ

　ほかにも考慮 すべき点など あるからな

我ら味方を 最大限に 結集し

我が軍は 頂点にいて 機は熟してる

敵は日に日に 強大化する

ところが我ら この頂点から 下りゆく 可能性ある

事をなすのに 潮時を 見極めるのが 最も大事

上潮^{あげしお}に 乗るならば 運は開ける

乗りそこなうと 人生航路 浅瀬に向かい 不運待つ

我ら今 その潮に 乗っている

この勢いに 乗らないと 我ら勝機を 失うだろう

キャシアス

そう言うのなら 君に従う

こちらから 撃って出て フィリパイで 決戦しよう

ブルータス

話し込み 夜も更けた 我ら人間 体が求む 眠りには

応えねば ならぬから 少し体を 休めよう

話すべきこと まだあるか？

キャシアス

何もない では寝よう 明日の早朝 起床して 出陣だ

ブルータス

ルシャス！

（ルシャス 登場）

ガウンを取って 来てくれないか （ルシャス 退場）

キャシアス

　おやすみ メサラ おやすみ ティティニアス
　立派で 愛すべき キャシアス おやすみ ぐっすり眠れ

キャシアス

　敬愛する ブルータス 今夜は荒れた 始まりだった
　だが もう二度と 二人の間 あのような
　亀裂生んだり せぬように 誓い合おう

（ガウンを持ってルシャス 登場）

ブルータス

　万事それで うまくいく

キャシアス

　おやすみ ブルータス

ブルータス

　おやすみ キャシアス

ティティニアス & メサラ

　おやすみなさい 閣下

ブルータス

　みんな おやすみ
　（キャシアス ティティニアス ルシリアス メサラ 退場）
　さあガウンを ここへ おまえの楽器は？

ルシャス

　テントの中に ございます

ブルータス

眠そうな 話しぶりだな
かわいそうに… 咎め立て してるんじゃない
夜遅くまで 働かせ 過ぎたよな
クローディアスと もう一人 僕のテントで 寝てもらう

ルシャス

ヴァロ! クローディアス!

(二人 登場)

ヴァロ

お呼びでしょうか?

ブルータス

君たち二人 僕のテントで 寝てくれないか?
キャシアスの 所へと 使い走りを 頼むため
起こすかも しれぬから

ヴァロ

お望みならば 徹夜して 控えましょうか?

ブルータス

そこまでは 求めない 横になり 眠っていれば よいことだ
ひょっとして 僕の考え 変わるかも しれぬから
おい ルシャス 捜してた 僕の本 ここにあったぞ
僕のガウンの ポケットに 入れたのだった

ルシャス

お預かりした 記憶など 何一つ なかったのです…

ブルータス

　すまないな 物忘れ ひどくなってな

　もう少し 眠い目を 開けていること できるなら

　おまえの楽器で 一曲か二曲ほど

　聞かせては くれないか？

ルシャス

　お望みならば…

ブルータス

　そう頼みたい 無理ばかり 言ってすまない

　でも快く 尽くしてくれる

ルシャス

　それは私の 務めです

ブルータス

　許容範囲を 超えてまで 仕事さすのは よくないな

　若い体に 休息が 必要なのは よく分かってる

ルシャス

　先ほど少し 眠りました

ブルータス

　それは良かった すぐにまた 眠らせて やるからな

　そんなに長く 引き留めは しないから

　もし僕が 生きてられたら

　しっかりと 面倒を 見てやるからな

　(音楽と歌) 眠りを誘う 曲である

　ああ 眠り 人の意識を 奪い去る

おまえの杖が この子しっかり 捕まえたのか
それならば 眠るがよいぞ
起こしたりなど せぬからな
こっくりすると 楽器うっかり 壊しそう
預っておく いい子だ おまえ ぐっすりおやすみ
ところで さっき どこまで読んで いたのだろう？
ページの端を 折っておいたと 思うのだがな …
確か ここだな

（シーザーの亡霊 登場）

ロウソクの 燃え方が ひどく暗いな
何だ！ やって来るのは 誰なんだ?!
奇異な亡霊 今 見えた 目の錯覚か 分からない
僕のほうに 近づいて来る 実体のある 者なのか?!
神なのか 天使なのか あるいは悪魔？
僕の血を 凍らせて 髪の毛を 逆立てる
悪霊なのか！ 何者なのか それを言え！

亡霊

悪霊だ ブルータス

ブルータス

なぜ やって来た?!

亡霊

フィリパイで わしに会うこと 知らせるためだ

ブルータス

では また会うのだな

亡霊

その通り フィリパイで

ブルータス

もしそうならば フィリパイで 出会おうぞ

(亡霊 退場)

勇気がやっと 戻ったら 消えてしまった

悪霊め もう少し 話したかった

おい ルシャス！ ヴァロ！ クローディアス！

みんな起きろよ！ クローディアス！

ルシャス

弦が緩んで…

ブルータス

まだ楽器 弾いてると 思っているな ルシャス 起きろ！

ルシャス

何かご用で？

ブルータス

夢でも見たか ルシャス 大声を 上げていた

ルシャス

声など上げて いましたか？

ブルータス

大声だった 何か見たのか？

ルシャス

いえ 何も

ブルータス

それならば もう一度 眠るがよいぞ

クローディアス！（ヴァロに）さあ起きろ！

ヴァロ

ご用事で？

クローディアス

閣下 何か？

ブルータス

どうして君ら 眠ってるのに 大声を 出したのか？

ヴァロ & クローディアス

大声を 上げました？

ブルータス

その通り 何か見たのか？

ヴァロ

いえ何も 見てません

クローディアス

私も何も

ブルータス

キャシアスの 所へ行って 彼の部隊 先発と 伝えるのだ

我らは 後に 続くから

ヴァロ & クローディアス

かしこまりました（一同 退場）

第5幕

フィリパイの平原

（オクテイヴィアス アントニー 彼らの部隊 登場）

オクテイヴィアス

アントニー いよいよここで 思い通りに なってきた
あなたは敵が 丘の高地を 堅持して
下りては来ないと 言っていた
ところが逆だ もう目の前に 対峙している
ここフィリパイで 決戦を 挑んできたぞ
仕掛ける手間が 省けたな

アントニー

バカバカしい 胸の内など 読めている
そうするわけも 分かってる
他の場所を 戦地にと したかったはず
下りてきたのは 士気が高いと 思わせようとの 魂胆で
虚勢を張って いるだけだ そうはさせんぞ

（使者 登場）

使者
　決戦の ご用意を！
　開戦印す 真紅の旗を 高々と 翻し
　勇ましく 敵は進軍 してきます
　今すぐに 応戦の ご準備を！
アントニー
　オクテイヴィアス 君の部隊は 平原の 左手を
　ゆっくりと 進軍を
オクテイヴィアス
　俺は右手だ あなたが左
アントニー
　こんなにも 決定的な 瞬間に
　どうして君は この俺に 逆らうのだ⁈
オクテイヴィアス
　逆らってない ただ右に 行くだけだ

　（［太鼓の音］ブルータス キャシアス 彼らの軍隊
　ルシリアス ティティニアス メサラ その他 登場）

ブルータス
　敵の軍 進撃を 停止した 話し合おうと しているようだ
キャシアス

すぐ止まれ ティティニアス 出て行って 話し合いだ

オクテイヴィアス

アントニー 開戦合図 揚げるか?!

アントニー

いや オクテイヴィアス 相手の出方 見て反撃するぞ
両将軍は 話がしたい ようである 行ってみようか

オクテイヴィアス

(軍に向かって) 合図するまで 動かぬように

ブルータス

戦闘前に 話し合い そうじゃないかね 同胞諸君

オクテイヴィアス

あなたらは 話し好きだが 俺は嫌いだ

ブルータス

オクテイヴィアス 悪い剣より 良い言葉
それがいいのに 決まってる

アントニー

君のことだが 悪い剣 よく使い
良い言葉の裏 険がある
シーザーの胸 刺し抜いて 君の言葉は
「長寿を願う シーザー万歳！」なんだから

キャシアス

アントニー 君がする 剣捌きなど 知らないが

話す言葉は ハイブラの 蜜蜂を 奪い取り

その蜜を ことごとく 君の舌へと 塗りつけたよう

アントニー

蜜蜂の 針などは 取ってある

ブルータス

その通り 羽音さえ 取り去られたぞ

アントニー 刺す前に 巧妙に 脅しをかける

アントニー

悪党め！ それさえも 君ら全く しなかったよな

冷血な 君らの刃 次々と シーザーの 体中

めった切りにと したではないか！

猿のよう ニタッと笑い 犬のよう 媚へつらって

奴隷のように 恭順の 姿勢をとって

シーザーの足に 口づけを しておきながら

呪うべき キャスカが シーザーの 背後から

下劣な犬が するように シーザーの首 刺し抜いた

君らこそ 腹黒い へつらい野郎！

キャシアス

へつらい野郎?! ブルータス 君は自分に感謝しろ

あのときに 俺の言うこと 聞いていたなら

こんな罵倒を されなくて 済んだのに

オクテイヴィアス

_____

26　蜂蜜で有名なシシリー島の町と山。

これぐらいにし さあ 決着を つけようぞ
口論だけで 汗が出る 血が流れれば 決着がつく
見ろ！ 俺は 謀叛人にと 剣を抜く
また鞘（さや）に 収まるの いつだと思う⁉
シーザー受けた 三十三の 傷が復讐 成し遂げるのか
別のシーザー 謀叛人らの 剣により 倒されるのか?!

ブルータス

オクテイヴィアス・シーザー 謀叛人らに
殺されること ないだろう
謀叛人らを 君がここまで 連れて来たなら 話は別だ

オクテイヴィアス

ブルータスの 剣により 殺されるため
生まれたわけじゃ ないからな

ブルータス

年若い オクテイヴィアス 気高い血筋の 生まれでも
ブルータスの 剣により 死ねるとあらば
それ以上 名誉の死など ないだろう

キャシアス

仮面をつけて 浮かれて騒ぐ 男と組んだ
浅はかな 若造に そんな栄誉は もったいないぞ

アントニー

昔と同じ キャシアスだよな

オクテイヴィアス

さあ アントニー もう行こう

謀叛人ども 挑戦状を 叩きつけたぞ
あえて今日 戦う気なら 戦場に 来るがいい
今日じゃないなら 勇気が出たら かかって来い
(オクテイヴィアス アントニー 軍を引き連れ 退場)

キャシアス

さあ 今だ 暴風よ吹け 怒涛の波よ

うねり 逆巻け 舟よ 進め!

嵐が起こる すべては今や 危険の隣

ブルータス

おい ルシリアス 少し話が …

ルシリアス

何でしょうか?

(ブルータス ルシリアスの 脇に寄って話す)

キャシアス

メサラ

メサラ

何かご用で? 将軍

キャシアス

メサラ 今日という日は この俺の 誕生日

まさにこの日に キャシアスは 生まれたのだ

手を貸してくれ この俺の 証人に なってくれぬか

ポンペイが したように この俺も 意図に反して

我々の 自由を懸けて この一戦に 討って出る

知っての通り この俺は エピクロス派で[27]
エピクロスの 考えを 信奉してた
だが もう今は 考えが 変わったのだ
物事の 前兆に似た 事象など
ある程度 信じるように なったのだ
サーディスから 来る途中
二羽の大鷲 我々の 軍旗の先に 舞い降りて
兵士の手から 餌をがつがつ 食べていて
フィリパイまでも ついて来た
今朝になり 鷲はどこかに 飛び去って
その代わり ワタリガラスや カラスやトビが
俺らの頭上 飛び回り あたかも俺ら
死にかけの 餌のよう 見下ろしている
奴らの影は 死体 置かれた 棺台
その上の 天蓋を 連想させた

メサラ

そのように 解釈するの 間違ってます

キャシアス

完全に そうは思って いないから 大丈夫
どんな危険に 直面しても 意気揚々と
立ち向かう 覚悟しっかり できておる

ブルータス

---

27 快楽主義を唱える古代ギリシャの哲学者。

そういうことだ ルシリアス

キャシアス

さて 高潔な ブルータス

神々が 今日は俺らに 味方して

俺たちが 穏やかに 友として

老齢に 至るまで 生きられるかも しれないが

この世のことに 定めがないの 当たり前

だから今 最悪のこと 考えて おこうと思う

この決戦に 敗れたならば

二人が共に 語り合うのも これが最後だ

その際の 君の決意を 聞かせてほしい

ブルータス

僕が信じる ストア哲学[28] その教えに 従って

かつて僕は ケイトウの 死に方を 批判した

なぜか それ 恥ずべきで 卑劣だと 思ってた

降りかかる 災難恐れ 天命を 縮める行為

僕ならば 耐え忍び 下界の我ら 支配する

神の摂理を 待ちたいと 思うだろう

キャシアス

それならば 戦いに 破れたら

捕虜として ローマの街を 引き回されて いいのかい？

ブルータス

---

28 古代ギリシャの哲学者ゼノンによって始められた学派。知者であれば、衝動に駆られることはないとする。禁欲主義。

いや キャシアス それは違うぞ

高潔な ローマ人 ブルータス

捕縛され ローマに戻る ことはない

僕の心は 高貴のままだ

今日という日は 三月の 十五日 始めた仕事

決着させる 日となった

もう一度 会えるかどうか 分からない

だから今 永遠の別れを しておこう

永久に 果てしなく お別れだ キャシアス

もし再会が できたなら 微笑み合おう

もしそれが 叶わぬのなら この別れ 永久に忘れない

キャシアス

永久に お別れだ ブルータス

もし再会を 果たせたら 本当に 微笑み合おう

果たせなければ この別れ しっかり心に 刻んでおこう

ブルータス

では 進軍を

ああ この日の結果 予知することが できるなら…

今日という日も 必ず終わり やって来る

そうなれば 結果は出てる さあ 攻撃だ！

（一同 退場）

第2場

戦場

（［トランペットの音］　ブルータス メサラ 登場）

ブルータス

　メサラ 馬を飛ばして この指令 大至急

　向こう側の 友軍に 伝えるのだぞ

　（トランペットの音）今すぐに 突撃させろ

　オクテイヴィアスの 軍勢は 怯(ひる)んでいるぞ

　今ここで 急襲すれば 敵は必ず 崩れ去る

　走らせ 馬を！ 一気呵成(か せい)に 猛攻撃だ！ （二人 退場）

第3場

別の戦場

（［トランペットの音］キャシアス

　ティティニアス 登場）

キャシアス

　あれを見ろ ティティニアス 我が兵が 逃げていく

　味方に対し 敵とならねば ならぬとは

我らの旗手が 敵に背を 見せたので
臆病者を 叩き斬り 軍旗を奴から もぎ取った

ティティニアス

ああ キャシアス ブルータスの 命令は 早過ぎでした
オクテイヴィアスに 優位に立って
熱が少々 入り過ぎ 兵士らが 奪略を し始めたので
その隙に 我々は アントニーに 包囲された

（ピンダラス 登場）

ピンダラス

お逃げください 遠くへ 閣下！
できるだけ 早く 遠くへ！
アントニーが 閣下のテント 乗っ取りました
お逃げください キャシアスさま 早く 遠くへ！

キャシアス

遠くなら この丘で 充分だ 見ろ あそこ ティティニアス
火の手上がった 所だぞ あれは俺の テントだな

ティティニアス

その通りです

キャシアス

ティティニアス まだ俺を 大事と思って くれるなら
俺の馬に 拍車をかけて
あの部隊 いる所まで 行ってみて

敵か味方か 確かめてきて くれないか？

それを知るまで 落ち着かぬ

ティティニアス

行ってすぐ 戻ってきます　（退場）

キャシアス

ピンダラス この丘を もう少し 高く上がって

ティティニアスを よく見てほしい

俺の視力は 生まれつき 良くないからな

戦場で 何か動きに 変化があれば 言ってくれ

（ピンダラス 退場）

この日に俺は 生を受け 時は巡って

人生を 始めたその日 人生が 終わろうと してるのだ

俺の人生 一巡したな おい 様子はどうだ？

ピンダラス

（丘の上から）ああ 閣下！

キャシアス

何かあったか？

ピンダラス

（丘の上から）ティティニアス 騎兵の群に 囲まれました

拍車をかけて ティティニアスを 追ってます

ティティニアス 懸命に 拍車をかけて 逃げてます

ティティニアス 追いつかれそう

ああ ティティニアス！

何人か 馬から降りて きています

ああ ティティニアスも 降りてます

　　捕まりました！（歓声が聞こえる）

　　お聞きください あの歓声を！

キャシアス

　　降りてこい もう見なくても いいからな

　　ああ 俺は 卑怯者だ こんなに長く 生き長らえて

　　親しき友が 目の前で 生け捕りに なったのに…

　　（ピンダラスが降りてくる）ここに来い

　　パルティア²⁹で 俺はおまえを 捕虜にした

　　そのときに 命乞いして おまえは俺に 誓ったな

　　命じられたら どんなことでも やりますと

　　さあここで その誓い 実行してくれ

　　してくれたなら もうそのときは おまえ 立派な 自由人

　　シーザーの腹 刺し抜いた この剣で

　　この胸を 突いてくれ 返事は無用！

　　この柄を 固く握って

　　それでこの俺 顔を覆えば さあ 今だ！ 突いてこい！

　　（ピンダラスはキャシアスを刺す）

　　シーザーよ おまえの復讐 なされたぞ

　　その命 奪った剣で　（死ぬ）

ピンダラス

　　これで俺 自由人

───────────

29　イラン高原を支配したイラン系民族の国家。パルティア帝国。

しかしだな こんなはずでは なかったが…
こうまでしても なりたかったか？
ああ キャシアスさま ピンダラスは この国からは
遠い所へ 逃げていきます
ローマ人など 目の届かない 所です　（退場）

（ティティニアス メサラ 登場）

メサラ

　ティティニアス 勝敗は 五分と五分
　オクテイヴィアスは ブルータスに 敗れたが
　キャシアスは アントニーに 敗れたからな

ティティニアス

　この知らせ キャシアスは 喜ばれるはず

メサラ

　将軍を どこに残して 来たんだい？

ティティニアス

　この丘に 彼の奴隷の ピンダラスと 二人残して
　絶望的に なってられたが…

メサラ

　地面の上に 横たわってるの
　キャシアスさまで ないのかい？

ティティニアス

　生きてる者の 寝姿でない ああ 何と これ！

メサラ

やはり これ キャシアスさまか?

ティティニアス

いや これは キャシアスだった 人である

だが彼は もういない ああ 沈みゆく 太陽よ

あなたの赤い 光線が 夜の闇へと 沈みゆくよう

キャシアスの日は 赤い血に 染まって死へと 暮れてゆく

ローマの太陽 沈んだな 我々の日は 暮れたのだ

雲が湧き 露が落ち 危険が迫る

我々の やるべきことは 終了だ

俺のもたらす 良い知らせ 勘違いして 自決なさった

メサラ

勝利の結果 誤解して 自刃された

ああ忌まわしい 誤解だな 誤解とは 鬱病が生む 異端児だ

なぜおまえ 感覚が 鋭い人に

ないものを 見せつけるのか?!

ああ誤解よ! 容易く心に 入り込み

幸せの 結果が生じ 始めると

決まってそれを 殺してしまう

ティティニアス

おい ピンダラス! どこにいる? ピンダラス

メサラ

あの奴隷 捜し出せ

俺は今から 高潔な ブルータスに 会いに行く

164

彼の耳には 悲報 突き刺す ことになる

この光景を 知らせたら 鋭い剣や 毒槍を 受けるより

ブルータスには 衝撃が 走るだろう

ティティニアス

急いでな メサラ

この俺は ピンダラス 捜しておくぞ （メサラ 退場）

キャシアス どうして私を 使者になど 立てたのですか?

味方に出会い 私の頭に 勝利の花輪 かけてくれ

それをあなたに 捧げるように 言われたのです

歓声が 聞こえなかった?

残念で なりません あなたはすべて 誤解なさった

あなたの親友 ブルータス お命じに なった通りに

この花輪 あなたに 今 捧げます

ブルータス どうか 早く ご覧ください

どれほど私 キャシアスさまに 尊敬の念 抱いていたか

お許しください 神々よ——

これこそが ローマ人の 由緒ある 作法ですから

シーザーの剣 ティティニアスの

心臓めがけ 突き刺され! （自害する）

([トランペットの音] ブルータス メサラ

若者ケイトウ ストイレト ヴォラムニアス

ルシリアス レイベオ フレイヴィアス 登場)

ブルータス

　どこだ どこ？ メサラ？ キャシアスの 遺体はどこだ？

メサラ

　ほら あそこです

　ティティニアスが 死を嘆き 悲しんでます

ブルータス

　ティティニアスの顔 抑向けだ

ケイトウ

　死んでます

ブルータス

　ああ ジュリアス・シーザー！

　まだ偉大なる 力を発揮 しているな

　あなたの霊は この世 彷徨い

　我らの剣を 自らの胸に 差し向ける

　（かすかなトランペットの音）

ケイトウ

　勇敢な ティティニアス

　死せるキャシアス その頭上にと 花輪 捧げた

ブルータス

　この勇士 二人のような ローマ人

　再来は あるのだろうか？

　ローマ人 最後の男 キャシアスよ さようなら！

　君のような ローマ人

　もう二度と ローマは 生んだり できぬはず

同胞諸君 今は亡き キャシアスに

今ここで 流す涙は 供養の涙の 泣き始め

寂滅為楽 の 心の涙 後から どっと 溢れくる

君を弔う ときは来る 必ず来るから そのときを 待ってくれ

彼の遺体は タソス島へと 送るのだ

戦場で 葬儀など 相応しくない 士気の低下は 免れぬ

ルシリアス さあ 行くぞ ケイトウも 戦場に 向かうのだ

レイベオと フレイヴィアス 共に部隊の 前進だ

今は三時だ 同胞諸君 日没までの 次の戦で 雌雄を決す！

（一同 退場）

第4場

別の戦場

（[トランペットの音] ブルータス メサラ

若者ケイトウ ルシリアス フレイヴィアス 登場）

ブルータス

同胞諸君 胸を張れ！　（退場）

若者ケイトウ

30　生死の苦に対して涅槃の境地を示す。近松門左衛門の『曽根崎心
中』道行の場の「鐘の響きのきき納め…」の台詞を借用した。

31　エーゲ海の最北部にあるギリシャの島。

胸を張らない 者などいない

僕と一緒に 行く者は ここにいるのか？

戦場の あらゆる場所で 僕は名乗りを 上げてやる

この僕は マーカス・ケイトウの 息子だぞ おい！

暴君の敵 我が祖国には 味方だぞ！

偉大なる ケイトウの 息子だぞ！

ルシリアス

俺こそは ブルータス ブルータスは この俺だ

我が祖国 心から 愛してる ブルータス

ブルータスだぞ この俺は

ああ 若くして 高貴なケイトウ 殺られたか

ティティニアスと 同じほど 勇敢な 最期であった

ケイトウの息子とし 栄誉の死 記されるはず

兵士1

降参せんか！ さもなくば 命はもらう

ルシリアス

死ぬためになら 降服しよう

今すぐ殺せ それだけの 値打ちある者

ブルータス 殺すなら 名誉になるぞ

兵士1

殺すわけには いかないからな 素晴らしい 捕虜だから

兵士2

おい そこをどけ！ アントニーへと 伝令に行け

ブルータス 捕えたと

兵士 1

俺が知らせを 持っていく ああ 将軍が 来られたぞ

（アントニー 登場）

ブルータスを 捕えましたぞ ブルータスです

アントニー

どこにいるのだ？

ルシリアス

ブルータス 無事である ブルータスの身は 安全だ
いかなる敵も 高潔な ブルータス
生け捕りなどは できはせぬ
神々は そのような 恥辱から
ブルータスを お救いに なるだろう
生きていようと 死んでいようと
ブルータスを 見つければ 高潔な 姿にて 現れるはず

アントニー

この男 ブルータスでは ないけれど 価値ある 獲物
身柄 確保し 大切に 処遇せよ
こんな男は 敵としてより 味方とし 抱えたい
さあ 連れて行け
ブルータス 生きているのか どうなのか 確かめてこい
オクテイヴィアスの テントまで 報告いたせ
状況の 変化つぶさに 知らせるのだぞ

（一同 退場）

第5場

別の戦場

（ブルータス ダーディニアス クライタス
ストレイト ヴォラムニアス 登場）

ブルータス

生き長らえた ほんのわずかの 同胞諸君
休息しよう 岩の上にて

クライタス

スタティリアスは 松明を 振った後
消息不明と なりました
捕縛されたか 殺されたのか 不明です

ブルータス

座り給え クライタス
「殺す」という語 今は大事な 言葉となった
「殺す」こと 流行ってる
聞いてくれ クライタス （耳元で囁く）

クライタス

えっ?! 私がですか？ そんなこと 私には とても無理…

ブルータス

では このことは 黙っておいて
他言は無用 わきまえてくれ

クライタス

その前に 自刃します

ブルータス

聞いてくれ ダーディニアス 　（耳元で囁く）

ダーディニアス

そんなこと するなんて …

クライタス

ああ ダーディニアス！

ダーディニアス

ああ クライタス！

クライタス

ブルータス どんなこと 頼んだのだい？

ダーディニアス

殺してくれと クライタス 見てみろよ 瞑想中だ

クライタス

体中 悲しみに 満ち溢れ 涙が目から 流れ落ちてる

ブルータス

ここに来てくれ ヴォラムニアス 少し話を 聞いてくれ

ヴォラムニアス

何の話 なのですか？

ブルータス

実はそれ こうなんだ ヴォラムニアス

シーザーの 亡霊が 現れたんだ 夜中に 二度も
一度目は サーディスで 二度目は昨夜 この戦場で
この僕に 最期のときが 来たようだ

ヴォラムニアス

そうだとは 思えませんが…

ブルータス

いや 確かなことだ
この世の流れ よく見れば すぐ分かる
敵は我らを 墓の穴まで 追い詰めた
(遠くでかすかなトランペットの音)
穴の中 押し込められるの 待つよりは
飛び込むほうが 潔い
ヴォラムニアス 僕たちは 学校に 共に通った 仲だから
幼馴染の 友情に すがっての 頼み事
剣の柄 握って立って いてほしい 剣先に 走り込むから

ヴォラムニアス

そんなこと 友人の すべきことでは ありません
(トランペットの音が鳴り響く)

クライタス

切羽詰まって いるのです お逃げください! さあ 早く!

ブルータス

お別れだ 君にも そして 君にもだ
そして 君 ヴォラムニアスよ
ストレイト おまえもぐっすり 眠ってた

君ともこれで お別れだ 同胞諸君

僕の心は 感極まって いるのだよ

僕の生涯 誰一人 僕を裏切ったりは しなかった

敗北の日に 栄誉を受ける

オクテイヴィアス アントニーらが

忌まわしい 勝利によって 得られるものを

はるかに凌ぐ 輝けるもの では諸君 これが最後だ

ブルータスの口 その生涯の 物語

もう最後まで 語り尽くした

僕の目に 夜の闇 訪れた 僕の骨 休息を 求めてる

このときを 得るために 努力して 生きてきたのだ

(トランペットの音 奥で「逃げろ！ 逃げろ！」と絶叫)

クライタス

逃げてください！ さあ早く！

ブルータス

君ら さあ 早く ここから！

僕もすぐ 行くからな

(クライタス ダーディニアス ヴォラムニアス 退場)

ストレイト 頼むから 主人のそばに 残っておくれ

君はなかなか 尊敬に 値する 人物だ

その生涯は 名誉という 栄誉の光 射している

僕の剣 しっかり握り 顔をそむけて 立っていてくれ

僕が剣へと 走り込むまで 分かったな ストレイト

ストレイト

その前に どうか握手を させてください

さようなら ご立派な 我が主人

ブルータス

では さらば！ 良きストレイト（剣に向かって走り込む）

シーザーよ 安らかに 眠るのだ

あなたを あのとき 刺したくは なかったのです （死ぬ）

（［退陣を告げるトランペットの音］

オクテイヴィアス アントニー メサラ ルシリアス

　兵士たち 登場）

オクテイヴィアス

あの男 誰なのだ？

メサラ

ブルータスの 召使いです

ストレイト ご主人は？

ストレイト

ご自由に なられました

あなたのような 捕虜の身からは

征服者でも 火をかける 以外には もう手出し できません

ブルータスに 勝てた者 ただ一人 ブルータスだけ

誰一人 ブルータスの 死によって

手柄を立てた 者などは おりません

ルシリアス

それこそ真の ブルータス ありがとう ブルータス
ルシリアス 言った言葉を 実証された

オクテイヴィアス

ブルータスに 仕えた者は この俺が 召し抱えよう
おまえはどうだ？ これから俺に 仕えるか？

ストレイト

メサラさまが そう思われるなら

オクテイヴィアス

そう言ってやれ メサラ

メサラ

ご主人は どのようにして 亡くなられたか？

ストレイト

私が柄を 握ってる その剣に
胸から グサッと 走り込まれて …

メサラ

オクテイヴィアス この者を
召し抱えて やってください
我が主人に 最後まで 仕えた者だ

アントニー

ブルータスこそ 一味の中で 際立って 高潔な 人物だった
謀叛人らは シーザーへの 憎しみにより
暴挙に出たが ブルータスだけ 別だった
私心なく ひたすらに ローマ市民の
公益のため 加わった 彼の生涯 高貴なもので

大自然でさえ 峻厳に立ち こう叫ぶだろう
「ブルータスこそ 男であった」と

オクテイヴィアス

　ブルータスの 人徳に 見合った処遇 考えて
　敬意表し 葬儀行う
　俺のテントに 今夜 遺体を 安置して
　軍人らしく 名誉ある 葬儀とするぞ
　さあ 終戦だ もう行こう
　今日という日の 戦勝祝し 栄誉を共に 味わおう！
　（一同 退場）

あとがき

　『ジュリアス・シーザー』（1599）はシェイクスピアの悲劇シリーズの「入口」の作品と言われています。そこから、『ハムレット』、『オセロ』、『リア王』、『マクベス』、『アントニーとクレオパトラ』と、立て続けに悲劇作品が作られていきます。

　『ジュリアス・シーザー』を読まれて、端役にしか過ぎないシーザーがタイトルとなっていて、どうしてマーカス・ブルータスが主人公なのに、と疑問に思われた方もいらっしゃるでしょう。

　当時、プルタークの『英雄伝』が英語に翻訳され、巷にローマの歴史のことが知られるようになっていて、知名度の高いシーザーをタイトルにしたほうが、興行的に成功すると考えられたからではないでしょうか。

　内容に関しては、ローマ史の政治、権力闘争が描かれ、雄弁術の有用性（ブルータスのもの、さらには、アントニーの演説の巧さ）などが描かれています。そして、浮薄な民衆の発言、行動様式が時代を超えて、国境を越えて、同じであることを嫌でも認識されられます。

　なぜ、この頃に上演されたかというと、当時のイギリスはエリザベス女王の末期の時代（この劇の四年後、1603 年に女王の逝去）。独身で、子供はいない。女王は後継者指名を

するのを拒否していたとなると、当然、後継者争いから内乱に発展する可能性が危惧されていた時代です。シェイクスピアはローマの歴史に事寄せて、イギリス社会を描いているのです。

　この作品で、私に強烈な印象を与えたのは、『ハムレット』のオフィーリアよりも、さらに出番が少ない、ブルータスの妻のポーシャです。彼女の夫への強い愛、夫婦の絆について考えさせられました。

　この作品は、シェイクスピアにしたらマジメ？な作品で、ギャグ好きの私には開幕直後の職人たちの会話の箇所以外、本領を発揮することができず、ひたすら真面目に訳しておりました。同志社大学で最初で最後に習ったシェイクスピアの作品で、そのときの本を使って訳していたら、イギリスの製本が悪いせいもありますが、見るも無残なほどに本がバラバラになってしまいました。シーザーも死に、キャシアスも死に、ブルータスも死に、本も死にました。次は……。

　いえ、まだまだ死ねません。シェイクスピアの作品の全部は無理としても、とりあえず、『オセロ』を終えて、四大悲劇だけは完訳しないと、死に切れません。

　最後になりましたが、この作品を出版していただき、いつも励ましの講評をいただく風詠社社長の大杉剛さま、優しい笑顔で、殺伐とした私の気持ちを和らげてくださる牧千佐さま、心を込めて丁寧に編集していただいている藤森功一さま、

細かいところまでしっかりと校正をしていただいた阪越エリ子さま、そして読みづらい手書きの原稿の全文をパソコンに打ち込んでくださった藤井翠さまに感謝申し上げます。

著者略歴

今西 薫

京都市生まれ。関西学院大学法学部政治学科卒業、同志社大学英文学部前期博士課程修了（修士）、イギリス・アイルランド演劇専攻。元京都学園大学教授。

著書

『21 世紀に向かう英国演劇』（エスト出版）

『*The Irish Dramatic Movement: The Early Stages*』（山口書店）

『*New Haiku: Fusion of Poetry*』（風詠社）

『*Short Stories for Children by Mimei Ogawa*』（山口書店）

『*The Rocking-Horse Winner & Monkey Nuts*』（あぽろん社）

『*The Secret of Jack's Success*』（エスト出版）

『*The Importance of Being Earnest*』〔Retold 版〕（中央図書）

『イギリスを旅する 35 章（共著）』（明石書店）

『表象と生のはざまで（共著）』（南雲堂）

『詩集 流れゆく雲に想いを描いて』（風詠社）

『フランダースの犬、ニュルンベルクのストーブ』（ブックウェイ）

『心をつなぐ童話集』（風詠社）

『恐ろしくおもしろい物語集』（風詠社）

『小川未明＆今西薫童話集』（ブックウェイ）

『なぞなぞ童話・エッセイ集（心優しき人への贈物)』（ブックウェイ）

『この世に生きて　静枝ものがたり』（ブックウェイ）

『フュージョン・詩 & 俳句集 —訣れの Poetry —』（ブックウェイ）

『アイルランド紀行 —ずっこけ見聞録—』（ブックウェイ）

『果てしない海 —旅の終焉』（ブックウェイ）

『J. M. シング戯曲集 *The Collected Plays of J. M. Synge*（in Japanese)』（ブックウェイ）

『社会に物申す』純晶也［筆名］（風詠社）

『徒然なるままに 一老人の老人による老人のための随筆』（ブック
ウェイ）

『「かもめ」＆「ワーニャ伯父さん」―現代語訳チェーホフ四大劇Ⅰ―』
（ブックウェイ）

『New マジメが肝心 ―オスカー・ワイルド日本語訳』（ブックウェイ）

『ヴェニスの商人』―七五調訳シェイクスピアシリーズ〈1〉―（ブッ
クウェイ）

『マクベス』―七五調訳シェイクスピアシリーズ〈2〉―（風詠社）

『リア王』―七五調訳シェイクスピアシリーズ〈3〉―（風詠社）

『テンペスト』―七五調訳シェイクスピアシリーズ〈4〉―（風詠社）

『ちっちゃな詩集 ☆魔法の言葉☆』（風詠社）

『ハムレット』―七五調訳シェイクスピアシリーズ〈5〉―（風詠社）

＊表紙にあるシェイクスピアの肖像画は、COLLIN'S CLEAR-TYPE PRESS（1892 年に設立されたスコットランドの出版社）から発行された *THE COMPLETE WORKS OF WILLIAM SHAKESPEARE* に掲載されたものを使用していますが、作者不明のため肖像画掲載に関する許可をいただいていません。ご存知の方がおられましたら、情報をお寄せください。

『ジュリアス・シーザー』七五調訳シェイクスピアシリーズ〈6〉

2023 年 7 月 23 日　第 1 刷発行

著　者　今西　薫

発行人　大杉　剛

発行所　株式会社風詠社

〒 553-0001　大阪市福島区海老江 5-2-2

大拓ビル 5 - 7 階

TEL 06（6136）8657　https://fueisha.com/

発売元　株式会社 星雲社

（共同出版社・流通責任出版社）

〒 112-0005　東京都文京区水道 1-3-30

TEL 03（3868）3275

印刷・製本　小野高速印刷株式会社

郵 便 は が き

料金受取人払郵便

大阪北局
承 認

1635

差出有効期間
2025 年 1 月
31日まで

（切手不要）

５５３-８７９０

018

大阪市福島区海老江５-２-２-710

㈱風詠社

愛読者カード係 行

ふりがな お名前			大正 昭和 平成 令和　　年生　　歳	
ふりがな ご住所	□□□-□□□□		性別 　男・女	
お電話 番　号		ご職業		
E-mail				
書　名				
お買上 書　店	都道　　市区 府県　　郡	書店名		書店
		ご購入日	年　　月　　日	

本書をお買い求めになった動機は？
1. 書店店頭で見て　　2. インターネット書店で見て
3. 知人にすすめられて　　4. ホームページを見て
5. 広告、記事（新聞、雑誌、ポスター等）を見て（新聞、雑誌名　　　　　　　）

風詠社の本をお買い求めいただき誠にありがとうございます。
この愛読者カードは小社出版の企画等に役立たせていただきます。

本書についてのご意見、ご感想をお聞かせください。
①内容について

②カバー、タイトル、帯について

弊社、及び弊社刊行物に対するご意見、ご感想をお聞かせください。

最近読んでおもしろかった本やこれから読んでみたい本をお教えください。

| ご購読雑誌（複数可） | ご購読新聞 |
| | 新聞 |

ご協力ありがとうございました。